全民阅读书香文丛

书情脉脉

李树德 ◎ 著

上海科学技术文献出版社

图书在版编目（CIP）数据

书情脉脉/李树德著．—上海: 上海科学技术文献出版社，2018

（全民阅读书香文丛）

ISBN 978-7-5439-7666-5

Ⅰ.① 书… Ⅱ.①李… Ⅲ.①随笔—作品集—中国—当代 Ⅳ.① I267.1

中国版本图书馆 CIP 数据核字 (2018) 第 152026 号

责任编辑：王倍倍
封面设计：许 菲

书 情 脉 脉
SHU QING MO MO
李树德 著
出版发行：上海科学技术文献出版社
地 址：上海市长乐路 746 号
邮政编码：200040
经 销：全国新华书店
印 刷：昆山市亭林彩印厂有限公司
开 本：787×1092 1/32
印 张：8.375
字 数：147 000
版 次：2018 年 8 月第 1 版 2018 年 8 月第 1 次印刷
书 号：ISBN 978-7-5439-7666-5
定 价：30.00 元
http://www.sstlp.com

三更有梦书作枕（自序）

　　从小学五六年级起，我就在家中书橱里挑选自己能读懂的书，稀里糊涂，囫囵吞枣地读了不少。到现在只留下巴金的《家》中几个女性鸣凤、瑞珏、婉儿的一点点印象，其他书的内容都记不起来了。但从那时起我养成了爱读书的习惯。

　　中学我考入周恩来总理的母校、著名的天津南开中学。南开中学除了优良的革命传统、雄厚的师资力量以外，它的图书馆藏书之丰富，也是非常出名的。我就像一只春天里生命力勃发的小蜜蜂扑到百花丛中一样，贪婪地、不知疲倦地在姹紫嫣红的花朵之间飞来飞去地采蜜。那时的课外作业不多，我的课余时间几乎全都用来读课外书了。我读书已到了痴迷的地步，晚上总是父母催促几次才睡觉。有时母亲把灯熄了，我躺在床上还是惦念着书中主人公的命运和结局，于是就钻到被窝里，打开手电筒再看上一段。在放学回家的路上，也常一边走一边捧着书看。有一次，正读到精彩处，鞋带开了，得蹲下来系鞋带。我把书摊放在地上，两手系着鞋带，两眼盯着书本，就这样也不知在地上蹲了多长的时间，也不知看了几页书，直到听见有人喊我的名字，我才像是从梦中惊醒，抬头一看，正是我的班主任……

我那时读的多是一些流行的小说，什么《林海雪原》《青春之歌》《平原枪声》《烈火金刚》《红岩》《红旗谱》《苦菜花》《迎春花》，还有外国小说《钢铁是怎样炼成的》《日日夜夜》《海鸥》《铁流》《牛虻》等。

我被这些书中的情节和人物深深地吸引住了，这些书中的人物，无论是杨子荣、林道静、许云峰、朱老忠，还是保尔、亚瑟都是我们那一代人心目中的英雄，我爱他们之所爱，恨他们之所恨。我随着主人公而喜怒哀乐。特别是那本《林海雪原》，书中虽然没有插图，可书中人物的性格、相貌和发生的事都深深地印在我的脑海里。杨子荣的大智大勇，少剑波的聪明睿智，刘勋苍的粗犷豪放，孙达得的坚忍不拔……书中这些栩栩如生的人物好像就生活在我身边。

是这些人物把我带进了书籍的林海雪原。随着年龄的增长，我读书的面也越来越宽。尤其是升入高中后，开始阅读一些"五四"以来知名作家，如鲁迅、茅盾、巴金、老舍、郁达夫、冰心、曹禺等人的作品。尤其有一位语文老师对我的阅读影响很大。这位老师曾经拜访过巴金，甚至和巴金通过信，用现在的话说，他是一个铁杆的巴金粉丝。在课堂上，他经常讲到巴金，讲巴金早期的"安那其主义者"信仰，讲巴金的"革命三部曲""激流三部曲""爱情三部曲"，甚至讲到巴金上海的"小洋楼"。他还告诉我们，巴金的三哥李尧林就在我们学校教过英文，等等，等等。受这位老师的影响，我按照顺序读完了14卷本的《巴金文集》，并收集了十几本巴金早年作品的小册子。此外，我还阅读了我国的古典小说《红楼梦》《三国演义》《水浒传》《三言二拍》，以及外国的经典著作《莎士比亚全集》和《约翰·克利斯朵夫》等。总之，从古典到现代，从国内到国外，都是我涉猎的领域。中学毕业考入大学，经历"文化大革命"，参加工作，我对文学一直保持着热情。因为所学专业是外语，我又阅读了一些英语的原著，莎士比亚、狄更斯、马克·吐温、欧·亨利，在读过这些作品的翻译本之后，再感受原著的魅力。多年来，我常常抱着书本进入梦乡，梦中的源头五彩缤纷、绚丽夺目，我兴奋地向前迅猛奔跑，漫天飞舞的一本本书向我扑来，我张开双臂去拥抱这些书籍……从梦中醒来，我真的走进了书的世界。

一本本书就像是一条条小船，一辆辆马车。它们载着我漂洋过海，见山识水，带着我到我不曾去过的地方。读一本书如同登一座山，读完一本书就像站在了高山之巅，眼界一下子开阔起来，心胸也豁然开朗。

读一本好书就像听智者的低语，就像与一位你所信任和尊敬的师长对话，你的心在问，书在答，书回答你的疑问，解你心中的谜团。书又让你思考，促你清醒。

伴着书籍我成熟起来，书籍使我懂得了谦虚，懂得了宽容；书籍教我正直，催我奋进。当我在工作中遇到挫折或打击，只要想起书中的一句话，眼前便豁然开朗，乌云消散变为晴空。

在那风雨如晦、鸡鸣不已的日子里，是书籍偷偷地伴我暗渡鲸波。尽管那时周围是一片荒漠，气候异常阴冷，但每当我的手指在一张张的书页上轻轻地滑过，一种温馨便传遍全身，心中感到暖洋洋的，我得到了巨大的精神滋养。书香驱散了身心的疲惫和烦恼，抚平我心灵的创伤，又鼓起我面对冷酷、战胜邪恶的勇气。

现在我已过"耳顺"之年，我仍然常常抱书而眠，我仍然常常做关于书的梦。

三更有梦书作枕，梦甜梦酣，梦长梦短，梦破梦圆。书依旧，梦依旧，心依旧。我读书依旧。

目　录

中辑　书评书介

下辑　书情书悟

上辑 书人书事

1. 围绕一本书的友情

当代著名的散文家吴伯箫，1906年出生于山东莱芜吴花园村一个半耕半读的富裕家庭。1938年赴延安，进入抗大学习。1949年后长期担任人民教育出版社副社长兼副总编辑，并坚持散文创作。他的《记一辆纺车》曾被选入中学语文课本。1982年8月病逝。

代表吴伯箫走上文学道路的作品是他的散文集《羽书》。该书由巴金任总编的文化生活出版社1941年5月出版，编入"文学丛刊"第七集。围绕着这本《羽书》的出版，有两则趣闻，展示了作家之间的深厚友谊。

《羽书》书影

"托孤"印书

吴伯箫是 1931 年夏从北平师范大学毕业后来到当时的国立青岛大学，在校长办公室当事务员。在那里他结识了闻一多、洪深、老舍、王统照等文学家，与他们交往密切，特别是与王统照的关系最好。1935 年，吴伯箫离开青岛，先后到济南和莱阳任教。但暑假期间他就回到青岛，与老舍、王统照、洪深、臧克家、王亚平等创办《避暑录话》。1937 年，抗日战争爆发，青岛危在旦夕。王统照要离开青岛去上海，吴伯箫当时正任莱阳乡村师范学校的校长。他感到打起仗来，难以预料自己会流落到什么地方，便把自己大学毕业后 6 年来写的文章，剪贴成册，就像"托孤"一样交了王统照。他激动地握着王统照的手说："你看有什么地方可以印就印，没有什么地方可以印，就存在你手里吧。"当时吴伯箫对自己作品的出版，并没有信心，所以连个书名也没有起。

1938 年 4 月，吴伯箫长途跋涉来到延安，投身革命，对于托付给王统照代为保管的那个散文集子，似乎早就忘到九霄云外了。

1942 年夏天，有人对吴伯箫说："你的一本书出版了。"吴伯箫听了一愣，心想：我会有什么书出版呢？

那人说："上海一家杂志上还登了别人为你的书写的序言。"那人还拿出那本杂志给吴伯箫看。上面果然登着《羽书》的序言，作者是"韦佩"，可吴伯箫并不知道"韦佩"是谁。当他读了序文的开头："伯箫此集存在我的乱纸堆里已两年半了……"，他这才恍然大悟，"韦佩"是自己的好朋友王统照。接着便想起自己在青岛与他分手时"托孤"的情形。王统照以文章《羽书》这一篇名作为书名，正好适应抗日战争初期的形势。吴伯箫翻看着那篇序文，为作品的问世而激动，更为朋友深厚的情谊而感动。

稿费被冒领

新中国成立前夕的1949年7月，中华全国文学艺术工作者代表大会（简称第一次文代会），在北京怀仁堂举行。这个大会是解放区与国统区的文艺工作者的大会师。《羽书》的作者吴伯箫和编者巴金都是大会的代表。会议期间，当吴伯箫见到巴金时，巴金没有寒暄，第一句话就问吴伯箫：

"你的稿费收到了吧？"

吴伯箫一时摸不着头脑，有点吃惊地问："什么稿费？"

"你的《羽书》的稿费。"巴金回答。

"还有稿费啊？"

"寄给你两次稿费，你没有收到？"巴金也有点纳闷。

"稿费寄到哪里了？"

"济南。"

"抗战八年我都在延安啊。"吴伯箫说。

巴金接口说："哎呀，这里边有鬼，受骗了。《羽书》一出版，我们就寄稿费给你。你收到以后，用左手写了一封信给我们，说是右手跟敌人作战受伤了，希望再寄一点稿费养伤。我们就又寄了第二笔……"

"是吗，真是受骗了！"吴伯箫说："这冒名的人是谁呢？"

这个冒名领取《羽书》稿费的人也许永远也找不到了，但《羽书》却以它特有的艺术魅力，至今仍为人们传阅着、称道着。

2. 巴金翻译和创作的双璧

　　文学巨擘巴金先生有两本书名中文字颠倒使用的作品，一本是翻译小说，书名《秋天里的春天》；一本是创作小说，书名是《春天里的秋天》。这两部小说是巴金作品中的两块美玉——熠熠生辉的双璧。

　　这两部小说的题目，具有浓郁的抒情气息和象征意义。从字面上看，两者的含义正好相反，但实际上它们所反映的内容都带有悲剧性质。《秋天里的春天》描写

《秋天里的春天》书影

《春天里的秋天》书影

了两个孤儿的遇合及其不得不分离的痛苦;《春天里的秋天》则是"一个温和地哭泣的故事",抒写了在封建专制家庭摧残下一对青年男女的爱情悲剧。

《秋天里的春天》原著者是匈牙利的尤利·巴基（Julio Baghy），他是一位诗人兼作家，在世界语文坛上负有盛名。他用世界语写过小说、诗歌、戏剧等八部作品，这些作品流传甚广，被译成十三种外国文字。被介绍到中国来的，除了巴金翻译的《秋天里的春天》外，还有长篇小说《牺牲者》（钟宪民译）、短篇小说《遗产》（索非译）等。这部中篇小说《秋天里的春天》是尤利·巴基于1929年在布达佩斯创作，讲的是一个学生和一个卖艺人的女儿——两个"拾得的孩子"之间发生的短暂的爱情故事。故事发生在秋天，爱情在两个灵魂触碰的瞬间产生了春天般的温暖。

1931年，巴金仅用了一个多星期的时间，把尤利·巴基这部中篇小说《秋天里的春天》（Printempo en la Autuno），从世界语翻译成汉语，并在这一年的最后一天写下《译者序》。从第二年的4月到7月，在《中学生》杂志第二十三号至第二十六号上连载。

1932年春天，应朋友之邀，巴金第二次到福建晋江（现在的泉州），看望在黎明高中和平民中学的众多朋友。在泉州，朋友曾带他去看望一个被封建家庭逼婚而疯了的少女，他看到少女几次"秋天般的微笑"，秋雨似的泪珠。他回到上海后不久，又听说了他在黎明高中的朋友郭安仁（散文家丽尼）身上发生的一个凄婉的爱情故事。一位女学生悄悄爱上了多才多艺的老师郭安仁，这位姓吴的女学生，巴金第一次到泉州时见过，她是位秀丽、活泼的华侨姑娘。然而在封建礼教的桎梏下，吴的父母早已为她安排了终身命运，她的未婚夫就是黎明高中的校董，一个有钱有势的青年绅士；而丽尼"是个心地善良的老好人"（巴金《关于丽尼同志》），自然斗不过封建势力，于是他被赶出学校，在迷茫中出走鼓浪屿。可是这位痴情的姑娘仍然执著地爱着他，在举行婚礼的前夕，她竟然冒着滂沱大雨来到鼓浪屿，表示愿意逃婚，跟随她的老师到天涯海角流浪终生。可是丽尼是个穷困文人，哪里能够摆脱周围密布的罗网，为了不让她吃苦，只好婉谢。姑娘绝望地回到泉州，她美丽的灵魂终于被封建礼教吞噬了，她虽然没有发疯，却默默地憔悴死去。这两位少女的悲剧深深触动了巴金的心，使他产生了强烈的创作冲动，写出了中篇小说《春天里的秋天》。

小说写成后，苦于没有恰当的题目，当时《秋天里的春天》，刚刚在《中学生》月刊上连载完毕，正准备交给开明书店印单行本，当巴金重读全书时，忽然灵机一动，给自己刚刚完成的中篇小说想出了一个书名：《春天里的秋天》。《春天里的秋天》首先在 1932 年 5 月

23 日至 8 月 3 日的上海《时报》上连载。当年 10 月，两本书同时由开明书店出版单行本。

《秋天里的春天》和《春天里的秋天》的设计是一致的：书的封面是本白色，上下切口各有一排花纹，中间是一块竖放的长条形的框。《秋天里的春天》是黄绿色框内飞白出特大号的书名；《春天里的秋天》可能要表现春天，框的底色是草绿，飞白出特大号的"春天里的秋天"六个字。两书的大小略有差别，《秋天里的春天》略大些，相当于现在的 32 开本；《春天里的秋天》略小，相当于小 32 开或更小些。两本书放在一起，像一对姊妹花。

最后，需要指出的是，从作品的思想倾向来看，《春天里的秋天》显然较《秋天里的春天》进步，但是，除了书名的确定以外，在某些艺术手法上，《春天里的秋天》又受《秋天里的春天》的影响。

3. 巴金的愤怒与抗争

1932 年 1 月初，巴金根据 1931 年初冬，到浙江长兴煤矿参观所积累的材料，开始动笔写中篇小说《萌芽》，共写了 11 次，每次执笔还不到一天，到这一年的 5 月初完成全书。《萌芽》全书 11 章，共 9 万余字。小说讲述的是煤矿工人为改变现状团结起来，进行罢工斗争，最后遭到镇压的故事。但小说《萌芽》的出版，却经历过种种的磨难。

1933 年 8 月，《萌芽》由上海现代书局出版，初版两千册，书还没有卖完就遭到查禁。从现代书局经理张静庐 1933 年 11 月 24 日写给巴金的信，可以了解当时的情况。张静庐在信中写道："尊著《萌芽》一书业经中央明令查禁，昨日市公安局会同捕房人员到店搜查并将该书纸型全部缴去矣……"《萌芽》问世不到四个月，便遭此厄运，怎能不令巴金气愤。

对《萌芽》的查禁，并没有使巴金屈服，他一直在寻找适当的时机和方式，让《萌芽》复生。第二年八月，他对书进行了一次修改，首先给主要人物改名换姓：男女主人公张温平和姚君珊，改为曹蕴平和许秋珊、李阿大改成冯阿大、老陈改成老李、周广和改成张正兴、赵科长改成张科长等等；并改换了一些地名：六里桥换成三里桥、唐家坊子换成林家坊子、林村换成丁村；还重新写了小说的结尾；最主要的是把书名由《萌芽》改为《煤》。而后，交给上海开明书店，开明书店决定出版《煤》，小说排好版、打好纸型，并在报刊中登了预告。可是，国民党图书杂志审定委员会看到小说的校样，马上通知开明书店停印。这样，《煤》还没印出来，就胎死腹中了。

但是巴金仍不服输，决心与这帮国民党检查老爷们斗一斗。他便买下了纸型，书名改为《雪》，这是一个寓意深刻的名字。由乌黑的《煤》，变成洁白的《雪》，由炽热变成冰冷，其中的深刻含义，在巴金1947年为《雪》的日译本写的序中做了解释。他说，作品结尾那位年轻的太太感慨道："雪盖住了火山，但火种并没消灭。"这既是小说所要表达的最精炼准确的主题，也是巴金对国民党当局文化专制行为的反抗、斗争决心。"雪"下有扑不灭的革命

《雪》书影

火种，"雪"下还有作者心中燃烧不熄的怒火。

1935年1月。巴金自费印了一千册，委托上海生活书店秘密发行。为了迷惑那帮图书检查老爷，他在版权页上印着："发行者 美国旧金山平社出版部"，"发行地址：——845 Broadway San Francisco，Cal.，U.S.A.（美国加利福尼亚州旧金山百老汇大街845号）"。巴金还特意在卷首写了一篇《前记》，其中说：

> 我的书在美国出版，这是第二部了，不过第一部并不是小说。
>
> 这本小说为什么要在美国出版呢？只是为了纪念一个旧金山的友人，他肯给我出版这一本别的出版家不肯承印的作品，我带着感激和祝福把这本书献给他。
>
> 作者

自然这是障眼法的假话，因为书并不是在旧金山出版的，只是让检查老爷抓不到发行人而已。而巴金这本"国外"出版的《雪》，成了国民党反动的书报检查制度的一个鲜活的见证。

后来，国民党的图书杂志审查委员会工作一度撤销。1935年5月，文化生活出版社（初期称"文化生活社"）在上海成立，这年8月巴金从日本回国，出任文

《雪》书影

化生活出版社的总编辑。巴金把《雪》的纸型送给文化生活出版社,《雪》于1936年11月由文化生活出版社公开出版,列为"新时代小说丛刊"的第一种。直到这时,巴金的小说《雪》才有了合法的身份。

从《萌芽》写作到《煤》,又从《煤》到《雪》的公开出版,从国内到"国外",再到国内,整整走过五个春秋。这五年中,巴金为了这部作品的生存,进行了不懈的努力,通过与图书检查老爷们斗智斗勇,对国民党反动的图书检查制度进行了顽强的抗争,在现代文学史上留下浓墨重彩的一笔。

4. 一张永存文学史册的照片

　　巴金（当时名李尧棠）在法国留学时，与朋友的这张三人合影照片，注定要永存文学史册。照片上的三个人意气风发，英气逼人，给所有见过的这张照片的人，留下难忘的印象。这三个人就是青年巴金和他的朋友桂丹华、詹剑峰。这张照片的原版保存在桂丹华的小儿子、合肥工业大学教授、博士生导师桂长林的手中。

　　九十年前的 1928 年春天，在法国巴黎的街头上，走着三个激情洋溢、风华正茂、来自中国的青年人。他们怀着对西方新思潮浓厚的兴趣，为了追求理想、实现梦想，来到这块"自由、平等、博爱"的发

巴金与桂丹华（中）、
詹剑峰（右）合影

祥地——法国。他们是同胞，是意气相投朋友，又是拉·封丹中学的同学，不期在巴黎街头邂逅相遇。相聚总有别离时，为了纪念，他们走进一家照相馆，摄影师为他们拍下了一张合影，为后人留下了这历史的一瞬。这三个青年就是李尧棠、桂丹华和詹剑峰。

在他们照这张照片的时候，李尧棠正在写他的小说《灭亡》，这部为他在文坛上奠定基础的小说，与他的这两位朋友之间还有一些有趣的故事。

詹剑峰是李尧棠小说的第一位读者。詹剑峰讲了不少鼓励的话，增强了尧棠从事写作的信心，还指出文字上的个别疏漏之处，例如，在第八章《一个爱情的故事》中，袁润身说自己与那位法国姑娘见面，"我们便定了一个幽会的地方"这句中的"幽会"，应该改为"约会"。尧棠觉得有理，就照他的意见改了。小说完成后，尧棠把小说定名《灭亡》，但一时想不出一个合适的笔名。正在这个时候，忽然听说他们一起留学的同学巴恩波投江自尽了，尧棠既震惊又痛苦，为了纪念他们的友谊，决定用巴恩波的姓"巴"字作笔名的首字，只是还缺一个字，恰好这时詹剑峰从外面进来，他见尧棠正为自己的笔名苦苦思索着，无意中看到桌上放着的英译本克鲁泡特金的《伦理学》，就笑着建议用那个"金"字，尧棠欣然接受了，就在"巴"字后面加了个"金"字。这就是"巴金"笔名的由来。

桂丹华是通过安徽老乡詹剑峰认识李尧棠的。《灭亡》的第八章《一个爱情的故事》，是根据桂丹华给他们信中，诉说自己与一个法国少女恋爱的故事写成的。小说中把这个美丽的爱情故事运用到"袁润身"这个人物身上。小说中的袁润身是个令人讨厌的、丑恶的人物，而桂丹华却是个善良的人。小说完成后，尧棠总感到有些过意不去。希望今后能纠正这个美丽的错误，为桂丹华那个美丽的爱情故事另写一篇小说。后来他实现了自己的愿望，1928 年 12 月，尧棠回国后不久，就根据桂丹华的爱情故事创作了一篇名为《初恋》的短篇小说。

　　岁月悠悠，这三位当年的好友，在后来的人生长河中选择了不同的方向：李尧棠以笔名"巴金"扬名天下，成为蜚声中外的作家。桂丹华是 1931 年 5 月回国的。回国后，他定居在安徽的安庆，任安徽大学法学院教授，讲授国际法，比较宪法等课程。后应邀担任国民政府教育部安徽省督学。1949 年后，由于众所周知的原因，桂丹华命运多舛，人生之路坎坷艰辛。1951 年，他到安庆师范任教，教授国文，并给教师们讲授俄语。这一年的 5 月份，他因历史问题被捕，羁押在安庆地区公安处、市公安局，交待所谓的"历史问题"。羁押长达一年零两个月，讲清"问题"后，未做任何处分，由安徽省公安厅释放，并发给"无罪释放证书"。从此，桂丹华成为一位无党派人士，后来还担任了安庆市的政协委员。1958年10月4日病逝于南京。詹剑峰则穿行于书斋和大学的讲坛，从事哲学研究，后来成了华中师范学院的教授，虽然名声没有巴金那么显赫，但亦是硕果累累。他与巴金保持着终生的友谊。在他逝世的前两年，1979年巴金重访法国的沙多-吉里城后，他还向巴金问起玛伦河桥头的那家卖花小铺。

岁月无情，当年照片上的三位风度翩翩的热血青年，都已经先后作古，离我们渐行渐远。但他们所演绎的，美丽动人的故事，却不会因时光的流逝而被世人所遗忘。而这张照片也将永存文学史册。

5. 一本"为了我至爱的"小说

《灭亡》是巴金的成名作，它不但是巴金文学事业的起点，也为巴金奠定了文学的地位。围绕着这本书，无论是版本，还是内容，人们说得太多了，我本不想再说什么了，但是想到鲁迅先生的每一部著作，甚至每一篇文章，都被说了无数次，现在仍然有人在说；曹雪芹的《红楼梦》被

《灭亡》书影

那么多人说了二百多年了，现在还有人说，而且可以肯定，还会有人继续说下去。所以我再说一说巴金先生的《灭亡》，也就不为重复了。

1927年的2月，23岁的四川青年李尧棠，怀着对西方新思潮浓厚的兴趣，为了追求理想、实现梦想，来到法国这块"自由、平等、博爱"的发祥地。他住在巴黎一家小旅馆里，每天去附近的卢森堡公园散步，晚上

去补习法文。其他时间把自己关在那间充满了煤气和洋葱味的小屋里。夜里听着从圣母院传来的沉重而悲哀的钟声，想到在上海的生活，想到在那里苦斗的朋友们，想到过去的爱和恨、悲和乐、理想与现实，心如刀绞般的痛楚。为了安慰自己这颗寂寞而年轻的心，就在练习簿上写下一些类似小说的东西，这就是后来《灭亡》中第一至第四章。后来又写下第十一章《立誓献身的一瞬间》。1927年夏初，因健康恶化，他搬到巴黎以东约一百公里的玛伦河畔的小城沙多-吉里。在那里他进入拉·封丹中学，与早在那里的朋友詹剑峰相聚。他一边学习法文，一边继续写他的小说。到1928年的8月，他用了半个月时间，整理和补写完全书22章，一部完整小说《灭亡》就完成了。《灭亡》不是从头至尾，一章一章顺序写成的；而是像拍电影，一部分一部分完成的，最后进行剪辑，合成一部小说。这样就减少了情节过渡的拖沓，跳跃性强，情节紧张；同时又有细部的特写镜头，场景、人物性格极为细腻。

小说以1925年军阀孙传芳统治下，沾满了"猩红的血"的上海为背景，描写一些受到"五四"新思潮鼓舞，寻求社会解放道路的知识青年的苦闷和抗争。响彻全书的是这样的呼声："凡是曾经把自己的幸福建筑在别人的痛苦上面的人都应该灭亡。"这也是小说的主题。主人公杜大心是一个患有严重肺结核病的革命青年，他遇到"爱的天使"李静淑，一个信仰博爱主义的女孩，并渐渐爱上了她。但他很快在强烈的自责心理下投入工会繁忙的工作中，想以工作来压抑情感。信服他主张的纱厂工人张为群，因为运送传单等物被捕遇害，杜大心无法摆脱良心上的谴责。怀有"为了我至爱的被压迫的同胞，我甘愿灭亡"的决心，决定牺牲生命进行暗杀。杜大心的暗杀并未成功，对方只受了点轻伤，而杜大心，用最后一颗子弹结束了自己的生命。最后，他为"信仰"而英勇献身。

《灭亡》最初以"巴金"为笔名，于1929年在叶圣陶主编的《小说月报》第一至第四期上连载。1929年10月开明书店初版印行。初版的《灭亡》一书的封面是钱君匋设计，巴金是通过朋友索非认识钱君匋的。封面设计得很有趣，也有象征意义。整个封面的主色调是黑色，左右两边是黑色的，中间有一小部分白色。在白色部分有书名"灭亡"两个字。右边的黑色是一个炸弹的形象，象征着小说里描写的军阀的恐怖统治，也与最后主人公杜大心为同志报仇，刺杀军阀的行动暗合，虽然杜大心是用手枪，而非用炸弹行刺。

关于"巴金"这一笔名，虽然巴老自己几次解释，但仍然有人以讹传讹，说什么是取自两位著名的无政府主义者巴枯宁和克鲁鲍特金。真实情况是：《灭亡》完成后，却为署名苦苦思索，一时想不出用什么笔名。正在这个时候，听说他们一起留学的同学巴恩波在项热投水自尽了，尧棠即震惊又痛苦，为了纪念与这个同学的友谊，决定用这个同学的姓字"巴"作为自己笔名的首字，但还缺个字；恰好这时詹剑峰从外面进来，他见尧棠正为笔名的事纠结，在听完了他的解说后，詹剑峰无意中一眼看到桌上放着的英译本克鲁泡特金的《伦理学》，就笑着建议用那个"金"字，尧棠欣然接受了，就在"巴"字后面加了个"金"字。这就是"巴金"笔名的由来。

"巴金"这一笔名是 1928 年 8 月《灭亡》完成后确定并署在稿子上的。但是"巴金"这个笔名第一次公开出现在文坛，并不是和《灭亡》在一起，同年 10 月 10 日，《东方杂志》第二十五卷第十九号上发表李尧棠翻译的《托尔斯泰论》，署名巴金。原来《灭亡》寄到国内后，尧棠离开了沙多-吉里，回到巴黎。在巴黎他第一次与胡愈之见面，以后的两个月中，常常到胡愈之处去。其时胡愈之是《东方杂志》的一位负责人，当时全世界正在纪念列夫·托尔斯泰诞生一百周年，巴比塞主编的《世界》上发表了一篇托洛茨基的《托尔斯泰论》，胡愈之要他翻译出来。译稿完成后，他忽然想起那个新的笔名，不加考虑就把"巴金"写在译稿上。因为这篇译文发表时间比《灭亡》公开问世早了近三个月，所以该文成了巴金所有著译中第一次公开以"巴金"笔名面世的文章。

《灭亡》完成后，有一次，尧棠与朋友们聊天时，谈起了法国大作家左拉几部小说的连续性，刚读过《灭亡》书稿的詹剑峰就笑着问尧棠："你的《灭亡》也准备写续篇吗?"这一问，倒真的引起了巴金继续创作的念头，他想《灭亡》的主人公杜大心和张为群虽然死了，但活着的李冷和李静淑，今后将会怎样生活? 他们前进还是后退? 勇敢地活着、战斗着，还是消沉、沦落? 他觉得继《灭亡》之后，还应该有一部《新生》。他在1931年8月完成了《新生》第一稿，但稿子却毁于1932年的"一·二八"的炮火中。后来，他又写出第二稿，并于1933年9月，由开明书店出版，加上1931年1月开明书店出版的《死去的太阳》，合称为巴金的"革命三部曲"。

6.《阿细亚》：萧珊翻译才能的展示

巴金先生的夫人萧珊（1917—1972），不但是一位认真负责的编辑，而且是一位翻译家和作家。萧珊原名陈蕴珍，1917年生于浙江鄞县，1936年到上海，在爱国女子中学读书，参加学校戏剧演出，曾扮演话剧《雷雨》中的四凤，从而结识进步人士。同年认识巴金，在巴金鼓励下，开始文学创作。她的处女作《在伤兵医院》发表于茅盾主编的《烽火》杂志。中学毕业后，她考入昆明西南联合大学外文系。与巴金经过长达8年恋爱之后，1944年5月他们在贵阳花溪结婚。1949年后，萧珊加入中国作家协会上海分会，任《上海文学》《收获》编辑，同时从事文学翻译。"文化大革命"中惨遭迫害，1972年7月底，查出患了直肠癌，1972年8月13日，萧珊与世长辞，年仅55

《阿细亚》书影

岁。去年是萧珊诞辰 100 周年，我想到自己收藏的一部萧珊的翻译作品《阿细亚》。

这本《阿细亚》，是半个世纪以前，我在河北保定上大学时，从一家旧书店里买的。此前，我从没有听说过《阿细亚》这本书，也没有听说过平明出版社，更不知道译者萧珊是谁，我之所以要买这本书，完全是冲着"屠格涅夫"4 个字。我读过巴金翻译的屠格涅夫小说《父与子》和《处女地》，我手里还有一本丽尼翻译的《前夜》。我喜欢屠格涅夫以抒情的文笔来写小说，从他的小说中可以领略俄罗斯的人情风俗，可以从中看到一幅幅清新、艳丽的俄罗斯风情画。我仅花了一角钱就买下这本《阿细亚》。一次，我到我的老师家去请教问题，老师问我最近在读什么书，我提到了这本《阿细亚》，老师说了一句："是巴金妻子翻译的。"这时，我才知道译者萧珊原来是巴金的夫人，这使我对译者多了几分敬意。

《阿细亚》32 开本，包括《后记》在内共 83 页，可以说是一本薄薄的小册子。书的装帧很漂亮，米黄色的封面，中间是一幅木刻的风景画，画的上方是书名和作者名，下方是出版社的名字"平明出版社"，封面上没有译者的名字。译者的名字印在书名页上，书名页上也有一幅图画，在这一页的最上部分印有"新译文丛刊"几个字，最下面是出版时间和地点"一九五五·上海"。书的正文前有5幅精美的插图，下面是与之相匹配的文字和所在的页码。在书的版权页上注明具体出版时间："一九五三年六月第一版第一次印刷，一九五五年第一版第三次印刷"，并注明的第三次印刷的印数为：15501—16500。全书46000字，是部中篇小说。繁体字竖排。定价三角。从印刷数量看，《阿细亚》是大受读者欢迎的。

《阿细亚》是一个爱情故事，像屠格涅夫几乎所有的爱情故事一样，"有情人终未成眷属"。阿细亚是一个富有的地主和一个女农奴的私生女。父母死后，他的同父异母兄长带她到异国旅行。在德国她邂逅了尼·尼，并爱上了他。尼·尼也热烈地爱着阿细亚。可是当阿细亚向他表白自己的感情，幸福就在身边的时候，尼·尼却惊得目瞪口呆，畏惧地退缩了，并不断警告自己："跟她这种性格的十七岁的女孩子结婚怎么可能呢？"尼·尼的表现大大地伤了阿细亚的心，也伤害了她的自尊，她最终离他而去。全书充满不能实现的希望，这是屠氏替旧俄罗斯贵族阶级的感情和思想，写出的一首深刻的挽歌式的抒情诗。

除了这部《阿细亚》，萧珊还翻译出版了屠格涅夫的《初恋》（1954年5月）、《奇怪的故事》（1954年11月）和普希金的《别尔金小说集》（1954年12月）。这几本书最初也都是由平明出版社出版的。除《奇怪的故事》外，其他几本后来都由新文艺出版社再版过。

《阿细亚》以及其他几部译作，都是从英语翻译过来的。萧珊在西南联大读的是英文专业，但萧珊也会俄文。1949年新中国成立后，我国执行向苏联"一边倒"的政策，大学、中学强调开设俄语课，学俄语成为一种潮流和时尚。巴金一直对俄罗斯文学情有独钟，他翻译过多部俄罗斯文学作品。巴金鼓励萧珊学俄文，在巴金的鼓励下，从1951年3月，萧珊参加了上海俄语专科学校夜校高级班，学习俄文，到1953年11月毕业。她在1953年11月16日写给巴金的信中说："我在俄专算正式毕业了，拿到一张毕业证书，但这只是阁下之功。不是你，我不会想到念完它。"（李小林编《家书——巴金、萧珊书信集》，浙江文艺出版社，1994年10月，第159页）

萧珊是从1952年8月开始着手翻译《阿细亚》的，当时巴金正在抗美援朝的前线。她在1952年8月25日给在朝鲜的巴金的信中，说："我不知道你会不会笑我：我想译屠氏的Ася，我有了一本俄文的，但不知英文的你放在哪只书柜，我知你要译这本书的，但还是让我译罢，在你帮助下，我不会译得太坏的。"（同上书，第104页）在几天后的另一封信中，萧珊写道："Ася我已经开始译，但进展很慢，我只是在读英文、俄文而已，作为一个练习，我希望为你所赞赏。"（同上书，第105页）九个月后，萧珊翻译的《阿细亚》出版了。

尽管萧珊会俄文，但她的专业毕竟是英文，使用起来更得心应手。这本《阿细亚》是先由俄文翻译成英文，萧珊是按照英文版翻译成中文的。在书名页的背面上部有个说明："本译稿根据英国 Constance Garnett 的英文译本，对照着 1942 年莫斯科国家儿童文学出版局版 Три Цовести 中的原文 Ася 译成。"对于 Constance Garnett（康斯坦斯·加尼特）这个人，现在不论是弄文学的，还是搞翻译的，知道的已经很少了。但是巴金、丽尼、汝龙等老一辈翻译家翻译的俄国小说，绝大多数是根据康斯坦斯英文本翻译过来的，在书的扉页或版权页上都有"根据康斯坦斯·加尼特夫人英译文转译"的字样，直到 1986 年人民文学出版社出版的《处女地》（巴金译）和《贵族之家》（丽尼译）的版权页上，仍然印着她的名字。所以有必要对这位女翻译家做一简单介绍：

Constance Clara Garnett（康斯坦斯·克莱拉·加尼特，1861—1946），是英国杰出的 19 世纪俄罗斯文学翻译家，是列夫·托尔斯泰、费奥多·陀思妥耶夫斯基、安东·契诃夫作品的第一位翻译者，是她把这些人介绍给广大的英语读者。康斯坦斯（她的娘家姓是布莱克）早年在布莱顿—霍夫女子学校接受教育。17 岁时，到剑桥大学纽纳姆学院学习拉丁语和希腊语，毕业后当过家庭教师和图书馆的管理员。1889 年与多家出版社的"读稿人"爱德华·加尼特结婚。1891年她怀孕了，便辞去工作，在家待产。在此期间，她结识了俄罗斯的流亡者费利克斯·伏尔克霍夫斯基。费利克斯劝她利用这个闲暇时间学习俄语，并送给她一本文法书、一本辞典和一本俄国故事书。在接下来的两年时间里，康斯坦斯学会了俄语，并在1893年翻译完成冈查洛夫的《平凡故事》（*A Common Story*）。颇有影响的海涅曼（Heinemann）出版社出版了她的处女译作，并约她再翻译列夫·托尔斯泰的《上帝的王国在你心中》（*The Kingdom of God is Within You*）。从那时起到1930年，在近40年的时间里，她一直没有停止过俄罗斯文学的翻译。康斯坦斯一共翻译了70多部俄罗斯文学作品，其中有屠格涅夫的作品17部、契诃夫的15部、陀思妥耶夫斯基的13部、果戈理的6部、托尔斯泰的4部、赫尔岑的6部，另外还有几部冈查洛夫和奥斯特洛夫斯基的作品。由于康斯坦斯对俄罗斯文学的引进，在很大程度上，促使了英国维多利亚时代的文风转向20世纪的现实主义。这位一生默默献身翻译事业的翻译家康斯坦斯·加尼特，于1946年以85岁的高龄去世。

一般来说，从源语借助一种中间语，翻译成目标语，是非常容易发生二度失真的。但萧珊的翻译，并没有发生失真的情况。从这一点看，《阿细亚》的翻译，充分展示了萧珊的翻译才能和中外语言的功底。我们随意从小说第一节中选出一小段，来领略一下萧珊优美、清丽的译笔：

> 有一个傍晚我正坐在我所喜欢的长凳上，一会儿望着河流，一会儿望着天空，一会儿又望着葡萄园。在我的面前，一群金黄色头发的男孩在爬上一只已经拖到岸上的船，船翻搁着，涂了柏油的船底朝着天空。几只松松地张着帆的小船驾过去了，绿色的水波平静地往前流去，没有波浪，也没有涟漪。突然我听到了音乐的声音，我倾听着。(《阿细亚》第 6 页)

这是一幅清新、恬静的俄罗斯乡村黄昏的风情画。它再现了屠格涅夫以抒情的文笔来写小说的韵味。萧珊的翻译不但与屠格涅夫的文字形似，而且与屠格涅夫的风格神似。

1964 年底，巴金到北京开人大会议，在他 12 月 24 日写给萧珊的信中说："刚才曹葆华来，他患心脏病，在休养，用俄文对照读了你译的《初恋》，大大称赞你的译文。"(《巴金全集》第 23 卷，人民文学出版社 1993 年 12 月版，第 522 页) 曹葆华是我国著名作家和俄文专家，多年来在中共中央宣传部翻译马恩列斯的经典著作。从曹葆华的评价可以看出，首先英语的译者做到了

"信"，翻译精准，萧珊的二度翻译，也做到了"信"。

作家黄源不仅编辑过《译文》，而且翻译过不少作品，他对萧珊翻译的评价也很高。在致巴金信中，他说："她（萧珊）的清丽的译笔，也是我所喜爱的。……她译的屠格涅夫的作品，无论如何是不朽的，我私心愿你将来悉心地再为她校阅、加工，保留下来，后世的人们依然会喜阅的。"（《黄源文集》第 6 卷，上海文艺出版社 2009 年 1 月版，第 4 页）

南开大学教授、诗人穆旦（查良铮）也曾经写信给巴金，提到萧珊的翻译，他写道："不久前有两位物理系教师自我处借去《别尔金小说集》去看，看后盛赞普希金的艺术和译者文笔的清新。……她的努力没有白费，我高兴至今她被人所赞赏。"（《穆旦诗文集》第 2 卷，人民文学出版社 2006 年 4 月版，第 136 页）诗人穆旦表面传递的是两位读者的看法，实际上是表达他自己的评价。

曹葆华等三人都是著名的翻译家，虽然他们是巴金的朋友，也与萧珊很熟悉，但他们对萧珊翻译的看法，绝不是溢美之词或者顺情说好话，都是发自他们内心的评价。

萧珊的翻译作品虽然不多，但是质量都很高，文字的特色十分突出，显示出她的翻译才华。遗憾的是，萧珊的翻译成就一直没有引起人们的注意，没有获得正确的评价。在以翻译为主体的翻译词典和翻译文学史中，一直没有萧珊的一席之地，这也许是由于巴金先生的巨大成就和高大形象，遮蔽了萧珊。无论如何，这是不公平的。借纪念萧珊诞辰 100 周年这个契机，呼吁翻译家、翻译理论家加强对萧珊翻译的研究；一些相关的机构，诸如巴金故居、巴金研究会，在对巴金研究和宣传的同时，应大力加强对萧珊翻译成就的研究和宣传，给予萧珊作为翻译家应有的地位。

7. 抗战期间出版的"翻译小文库"

抗日战争爆发后，巴金任总编辑的文化生活出版社，遭到严重的破坏，出版事业受到重创。但是巴金和他的同仁们坚守自己的精神家园，为理想献身、为文明播火的信念从没有动摇过。他们根据形势的变化，结合战时需要，努力为读者奉献新的丛书。在此期间出版的"翻译小文库"就是其中的一种。

"翻译小文库"是文化生活出版社所出书籍中开本最小的一种，采用的是 64 开，是地地道道的袖珍本、掌中书。这套书虽以"小"为名，但小而不俗；定价低廉，二三元左右。书籍的封面一律是浅绿色的，第一行是"翻译小文库"几个字，下面是小字印刷的"第×种"，接着一行是大字的书名，再下面两行是著者和译者，封面的底部标明"文化生活出版社刊"，格式统一，美观大方。这套"翻译小文库"出版于抗日烽火之中，小开本十分符合战时便于携带的要求。书籍开本虽小，设计装帧却一如既往地认真考究，印刷精致，也很美观。反映出在战时极其艰苦的条件下，文化生活出版社的敬业和认真精神始终不变。

　　"翻译小文库"自 1940 年 9 月到 1948 年 6 月，历时 8 年，其中 6 年是在抗日的炮声中。共出了 10 种，即：第一种：亚米契斯（意大利）的《过客之花》(巴金译)、第二种：普式庚（俄国，通译普希金）等的《叛逆者之歌》(巴金译)、第三种：区曼特林（苏联）的《白石》(许天虹译)、第四种：凡宰地（意大利）的《我的生活故事》(巴金译)、第五种：玛尔格里特（法国）等的《白甲骑兵》(罗淑译)、第六种：米尔博（法国）的《仓房里的男子》(马宗融译)、第七种：乌纳慕诺（西班牙）的《寂寞》(庄重译)、第八种：凡·布宁（俄国）等的《伊达》(李林译)、第九种：左拉（法国）的《磨坊之役》(毕修勺译)、第十种：D.奈米洛夫（保加利亚）等的《笑》(巴金译)。在这十种翻译作品中，巴金翻译的有 4 种，几乎占了一半，可见他的热情和勤奋。就体裁而言，这些作品有短篇小说、诗歌和小剧本，仅左拉的《磨坊之役》可算一部中篇小说。

　　我收藏有这 10 种书籍中的 4 种，可从这 4 种中看到这套丛书的全貌。

　　第一种：《过客之花》。作者埃迪蒙托·德·亚米契斯（Edmondo De Amicis），他的作品在我国出版，并不是始于这一本。他曾写过一本名为《爱的教育》的儿童小说，影响了一代青年，夏丏尊从日文版译出，1924 年由开明出版社出版。《过客之花》是作者晚年的作品，是一个短短的小剧，剧虽短影响却不小，在罗马上演时，曾获得极大的成功。1930年1月巴金从世界语把它翻译过来，译文最初发表在《小说月报》上，1933年6月，由上海开明书店出过单行本，1940年9月收入"翻译小文库"。这个小剧情节简单，是写一段爱情故事，凡是读了安娜与阿尔背脱的那段情，读了安娜在爱情与信仰之间的挣扎，没有不受感动的。

我这本《过客之花》是"民国三十六年（1947年）十月再版"本，全书不包括《译者序》共81页，定价二元。书前有一幅作者素描画像。在《译者序》中，巴金1939年9月在1933年1月的序言后面又写道："以上是六年前写的短序，最近翻看这本小书，觉得还可以重印，便费了一天的工夫把它修改一遍，改的地方不少，可以说是重译，不过原文不在手边，无法逐字校阅，或许仍有错误的地方也未可知。"巴金对自己译作极其认真，又诚恳地向读者负责，所以重版一次，就要修改一次。学者唐弢先生曾说："作家中对自己译作屡印屡改者，当推此公（巴金）为第一名。"

第三种：《白石》。此书"民国二十九年（1940年）九月初版"。我的这本是"民国三十七年（1948年）六月再版"本。全书包括《译者附记》共177页，定价三元七角。译者在《译者附记》中，简单讲了小说的大意，主要是介绍苏联人复杂的姓名构成，以帮助读者弄清人物关系，但译者也讲道："关于作者区曼特林（M. Chumandrin）生平事迹，我一点也不知道。本文是根据Andreyevakaya和S. Shupack两人的英译本译出来的。"

对于译者许天虹，现在知道的人已经很少了。许天虹（1907—1958），浙江海盐人，原名许郁勋，笔名许天虹、白石。早年就读于嘉兴秀洲中学，与翻译家黄源是同学。1922年进入之江大学附中高中部，与同窗吴朗西、陆蠡结下深厚友谊。1935年吴朗西、巴金等创办上海文化生活出版社，许天虹担任特约翻译。1939年后，举家迁浙江临海，一边在中学任教，一边从事翻译。主要翻译作品有《迭更司评传》《大卫·科波菲尔》《双城记》《托尔斯泰》《玛志尼》等。1949年后，许天虹曾先后任台州文化馆馆长、浙江人民出版社社长等职。1958年，因病逝世，一代翻译家就这样匆匆走过了半个多世纪的人生旅途。

小说《白石》是苏联作家描写新社会建设事业中，人际关系方面也存在阻碍的一部作品。主要通过一个"具有小资产阶层根性的人"如何成为一个"具有社会意识的新人"的过程，来展示一切。它与"翻译小文库"中的另一种《伊达》中的《伊达》，可以说恰恰从两个不同角度反映了俄国社会的变迁。

第四种：《我的生活故事》。这是巴尔托罗美·凡宰地（通译凡宰特）（Bartolomeo Vanzetti）的自传，是从英语翻译过来的，巴金于 1927 年 11 月在法国翻译完毕。最早书名为《一个无产阶级的生涯底故事》，载于《革命的先驱》（上海自由书店，1928 年），1929 年又由上海自由书店以《一个卖鱼者的生涯（凡宰地著自叙传）》为题出版。1938 年平明出版社以《一个无产者生活的故事》又出过单行本。1940 年 9 月收入"翻译小文库"时，改题为《我的生活故事》。我手中的这本《我的生活故事》是"民国三十六年（1947 年）十月再版"本。书的前面有凡宰地的素描头像。全书包括《前记》《小引》《代序》，以及两个"附录"共 83 页，定价二元。

《我的生活故事》《过客之花》书影

凡宰特是居住在美国的穷苦的意大利移民，是个鱼贩子，他与他的同胞萨珂，一个制鞋匠，都是无政府主义者，是美国新英格兰地区的劳工领袖，多次组织劳工运动，当局对他们恨之入骨。1920年5月5日，马萨诸塞州当局以捏造的杀人抢劫罪，把他们二人逮捕。案件前后共审理7年，引起了全世界进步人士的抗议，法朗士、罗曼·罗兰、巴比塞、爱因斯坦等世界著名人士都曾发表过抗议声明。但马萨诸塞州政府不顾世界舆论的谴责，在1927年8月23日，对他们执行了死刑，两个无辜的人死在了电椅上（巴金小说《电椅》即写此事）。这就是发生在美国历史上的"萨凡事件"。巴金当时正在巴黎，他热情地投入了营救活动，并与狱中的凡宰特通过几封信。巴金用以翻译的原书就是凡宰特从狱中寄给他的。凡宰特的职业是鱼贩子，没有经过什么文学训练，但这位被称作"二十世纪优美精神"的意大利人的自传，却由于真心真情的诉说，而呈现一种感人的魅力。所以巴金在1938年写的《前记》中说："这篇短文比我所写的一切纪念文章都有力，它本身是很朴质而又很雄辩的。"也正因此，巴金"把这小小的自传印出来。这是一本真实的书。它会感动许多纯洁的心灵的"。

第十种：《笑》。我手中的这本《笑》是民国三十七年（1948年）六月初版本，不知道后来是否再版过。书中共收4篇作品，即：奈米洛夫（保加利亚）的《笑》、库普林（俄国）的《白痴》、伏奈斯悌（罗马尼亚）的《加斯多尔的死》以及爱罗先珂（苏联）的《木星的人神》。书的前面有爱罗先珂的照片，"目次"前有巴金1947年12月写的《前记》，在爱罗先珂的小说后面还附有巴金1930年9月写的《关于爱罗先珂》一文。全书共99页，定价二元七角。

巴金在《前记》中介绍了他翻译这4个作品的情况："收在这本小书内的四篇译文都是我的试译。《笑》和《白痴》两篇是今年初冬翻译的，《木星的人神》与《加斯加尔之死》则是十六七年前的旧译。"

四位作者中，特别值得一提的是苏联盲诗人爱罗先珂，他是一位世界语者，曾到中国，与周氏兄弟、蔡元培、巴金等人，以及中国的世界语者有广泛的交往，在周作人推动下，经蔡元培特聘，到北京大学教授世界语，并住在周氏兄弟八道湾住宅里。巴金为他编辑出版了童话集《幸福的船》。巴金翻译的这篇童话《木星的人神》，"虽不是爱罗先珂最好的作品"，但它的意义在于，它的译出标志着爱罗先珂所有的童话及小品都有了中文译本。爱罗先珂就像一个琴师，把他"对于人类的爱与对于社会的悲都弹奏出来，使青年人拥有更多的同情、更多的爱"。他的名作《幸福的船》不知打动了多少人的心。

"翻译小文库"中的这些作品几乎都是20世纪创作

的，有着很强的现实性，尤其《白甲骑兵》等，与40年代中国现实有着某种相通之处。而且几乎围绕着每一本书，都有一段生动有趣的故事。就以《白甲骑兵》为例，译者是英年早逝的女文学家和翻译家罗淑。罗淑（1903—1938），原名罗世弥。她在创作之余，还为报刊翻译一些法文作品。当时黎烈文正在主编《译文月刊》，稿件要求很高，但罗淑投寄的几篇法文译稿，颇受推重。这本译文集由巴金编辑，而且很费一番周折。因为罗淑并没有留下原稿，这些译文都发表在各种刊物上。当时巴金在昆明，无法找到这些刊物，便请在上海留守文化生活出版社的作家陆蠡帮助。陆蠡接到巴金的信后，便四处寻找罗淑译文发表的刊物，又请人从刊物上抄写下来，再设法寄给巴金。巴金便在这些手抄稿的基础上，编出这本《白甲骑兵》。巴金在《〈白甲骑士〉后记》中这样说："……我其实不能算是尽了责。不过这些日子我们是在一种抓彩的情形下过活。我们的大部时间都花在这件事上面。我们每天都抓彩。抓的不是金钱，却是死亡。倘使一旦抓到，则在轰然一响之后，我的心灵就会消灭，我也没有机会来做任何事情了。由此即使草率地做完一件工作，在我，也是一桩值得欢喜的事。但这情形不知道会不会被一般的读者了解。"（《巴金全集》第17卷，人民文学出版社1991年，第344页）巴金当时就是在这样的环境，怀着这样的心情，编辑罗淑这本译文集的，他那种对友人由衷的爱戴和珍惜情怀，至今读来，仍令人感动。

　　细心的读者会发现，巴金的"后记"是1941年8月17日写于昆明。第一句话就说："世弥的第二个翻译小说集能够在她逝世三年后的今日同读者见面，我觉得这是一件可喜的事。"可知当时书籍已经编辑好，很快就要出版，但由于战乱，直到抗日胜利后的1947年10月，巴金才将它放进"翻译小文库"第五种出版。此时距巴金当时编辑成稿，已经过去了六年时间；距离译者罗淑逝世，已经接近十年。时光流逝，令人感叹。在战火纷飞的岁月里，巴金所做的艰苦努力，可想而知。

　　"翻译小文库"中这10本可爱的小书，是在抗日战争硝烟中，我国文化园地里绽放的10朵鲜艳的姊妹花。它们的质朴和美丽，不但给战火中的文化界带来信心和希望，而且它们将永远在我国文学史和翻译史上，散发着淡雅的幽香。

8. 萧红笔下鲁迅的笑

　　我辈生也晚矣，无法亲瞻鲁迅先生的风采。先生在我们脑中留下的是一位"横眉冷对千夫指""骨头是最硬的，他没有丝毫的奴颜和媚骨……"的坚强战士的形象。这些也许不错，但真实生活里的鲁迅，绝不是一个整日皱眉攘拳、横眉怒对的人。

　　近日翻检旧书，偶然发现萧红的《回忆鲁迅先生》（1946年1月，生活书屋发行）一书。再次阅读此书，感到它确实别具一格。如果不仔细阅读，会感到萧红有些漫不经心，想到什么就写什么，一段一段之间没有什么联系；更没有什么名言和警句，一切出于自然的倾吐，说的都是日常生活琐事。但仔细阅读，会体会到萧红的良苦用心，她是想把鲁迅写成一个活生生的真实的人。

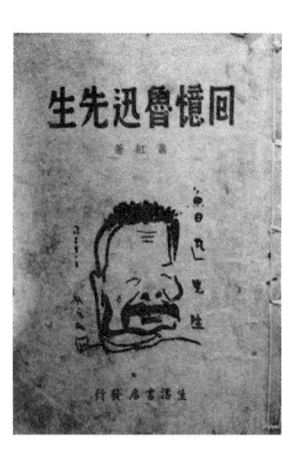

《回忆鲁迅先生》书影

《回忆鲁迅先生》共一万八千多字，分为 47 个小节。其中描写鲁迅先生的笑一共有 8 处。这些笑都是自然生动的笑，日常生活中发自内心的笑。按照在文章中的顺序，列出萧红描写的鲁迅先生的笑，与大家分享。

1. 笑得咳嗽起来

文章开头第一节，萧红就描写了鲁迅的笑："鲁迅先生的笑是明朗的，是从心里的喜欢。若有人说了什么可笑的话，鲁迅先生笑得连烟卷都拿不住了，常常是笑得咳嗽起来。"

2. 笑声冲下楼梯

鲁迅先生很喜欢北方饭，有一天约萧红来包饺子吃，萧红带了外国酸菜和用绞肉机绞成的牛肉，去鲁迅先生家中，与景宋先生一起把饺子包好了。接着萧红这样写道："饺子煮好，一上楼梯，就听到楼上明朗的鲁迅先生的笑声冲下楼梯来，原来有几个朋友在楼上也正谈得热闹。那一天吃得是很好的。"

3. 笑着开玩笑

有一天下午，鲁迅先生正在校对着瞿秋白的《海上述林》，萧红一走进他卧室，鲁迅先生就从圆转椅上转过身来，还微微站起了一点，向着萧红说："好久不见，好久不见。"一边说着一边向萧红点头。萧红感到纳闷，不是刚刚来过吗？怎么会好久不见？就是当天上午来的那次忘记了，可是我每天都来呀……怎么都忘记了呢？

接着，萧红这样描写鲁迅先生："周先生转身坐在躺椅上才自己笑起来，他是在开着玩笑。"原来鲁迅先生在和萧红开玩笑呢。

4. 冲破忧郁心境的笑

在梅雨季节，一天上午有了晴天，萧红便连忙跑到鲁迅那里。跑到楼上还喘着。鲁迅打过招呼，问她：有什么事吗？萧红回答：天晴啦，太阳出来啦。"鲁迅和许广平都笑了，一种对于冲破忧郁心境的展然的会心的笑。"

5. 笑而不答

鲁迅先生不戴手套，不围围巾，冬天穿着黑石蓝的棉布袍子，头上戴着灰色毡帽，脚上穿的是黑帆布胶皮底的鞋子。胶皮底鞋夏天特别热，冬天又凉又湿，鲁迅先生的身体也不算好，大家都提议把这双鞋子换掉。鲁迅先生却不肯，他说胶皮底鞋子走路方便。萧红问先生：你一天走多少路呢？不也就一转弯到 ××× 书店走一趟吗？"鲁迅先生笑而不答。"

萧红只知道先生去书店，她哪里知道先生还要去其他的地方，走很多的路。

6. 讲着故事笑起来

鲁迅先生是学医的，做过人体解剖。他不但不怕鬼，对死人也不怕，所以对坟地也就根本不怕。他向萧红讲过自己遇鬼的故事：一次走在坟地里，看到远处有个白影时隐时现，时小时大，时高时低，正和鬼一样。鲁迅先生仍然向前走，要看一看鬼到底是什么样。等先生走到那个白影旁边时，那白影缩小了，蹲下了，一声不响地靠着一个坟堆。鲁迅就用了他的硬皮鞋使劲踢了出去。那白影"噢"的一声叫出来，随即就站起来，鲁迅定眼看去，那却是个人。原来是个盗墓的在坟场上半夜做着工作。萧红写道："鲁迅先生说到这里就笑了起来。'鬼也是怕踢的，踢他一脚就立刻变成人了。'"

7. 看到美食笑了

鲁迅常常请客，招待朋友们，鲁迅自己自然也喜欢美味佳肴。萧红这样描述鲁迅先生请客的情况："有一次鲁迅先生到饭馆里去请客，来的时候兴致很好，还记得那次吃了一只烤鸭子，整个的鸭子用大钢叉子叉上来时，大家看这鸭子烤的又油又亮的，鲁迅先生也笑了。"

8. 病中明朗的笑

一九三六年春，鲁迅先生的身体不大好，接着就病了。到七月，鲁迅先生又好些了。但每天要吃药，量体温，一位老医生还是照常地来，说鲁迅先生就要好起来了。说肺部的细菌已经停止了一大半，肋膜也好了。客人来差不多都要到楼上拜望拜望鲁迅先生。萧红有一个月没有上楼去见鲁迅了。一天她忽然上楼，心中还有些不安。一进卧室的门，觉得站也没地方站，坐也不知坐在哪里。接着她描写道：

鲁迅先生大概看出我的不安来了，便说：

"人瘦了，这样瘦是不成的，要多吃点。"

鲁迅先生又在说玩笑话了。

"多吃就胖了，那么周先生为什么不多吃点？"

鲁迅先生听了这话就笑了，笑声是明朗的。

9. 一幅鲁迅漫画肖像

　　我第一次是从一本书的封面上，见到这幅鲁迅先生的漫画肖像，那本书就是萧红著的《回忆鲁迅先生》，我手中的这本《回忆鲁迅先生》是 1946 年 1 月在北平出版，生活书屋发行。它是我上高中的时候从天津天祥旧书店购得。书是 16 开，书的封面是本白的底色，正中央就是这幅鲁迅先生的漫画肖像，书名是红色的，肖像用黑色印刷，色彩上形成非常鲜明的对照。我觉得这幅肖像，与其他人画的鲁迅肖像完全不同。我见过的其他鲁迅画像，多数把先生画得神情肃穆、一脸正气，好像总是"剑拔弩张""横眉冷对"的样子。虽然我读不懂

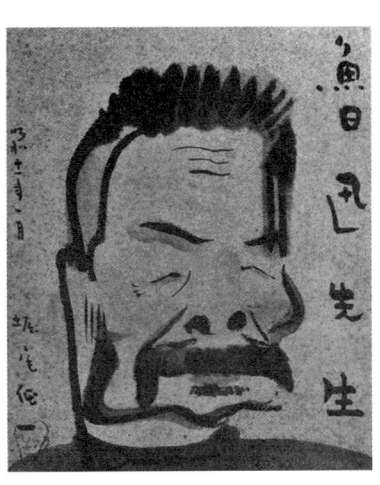

鲁迅头像，（日）崛尾纯一画

这幅漫画的精妙之处，只是感到这幅画上的鲁迅先生有生气，很亲切，所以这本书我一直珍藏着，每次翻阅这本书的时候，眼睛总要在先生这幅肖像上停留很久。

记得是去年七八月份，在鲁迅先生诞辰（9月25日）前，一位编辑报纸副刊的朋友，约我写一篇关于鲁迅先生的文章。我想到了萧红的这本《回忆鲁迅先生》中对先生笑的描写。于是又拿出这本书翻阅，写了一篇题为《萧红笔下鲁迅先生的笑》的文章交差。

在翻阅这本书时，我再次反反复复地欣赏封面上鲁迅先生的肖像。书的封面上的漫画尺幅比较小，而且是单色（黑色）印刷，漫画右边"鲁迅先生"四个字比较大，也比较清楚，而左边的日期和作者的名字就很难辨认了。于是我在 QQ 上给上海巴金纪念馆的周立民先生留言，向他请教。很快周先生给了我答复，他说，那是一幅著名的鲁迅漫画肖像，是日本人崛尾纯一所画，在很多有关鲁迅先生的书籍和文章中都使用过。

现代的网络给人们带来了极大的便利，没有费什么事，我就从网上找到了原画的照片，看得更清晰了，其感受也更令人兴奋。

首先，萧红书的封面上看不清的字迹，现在看得清清楚楚，画面的左边上面的小字是日期：昭和十一年一月；下面正是作者的署名：崛尾纯一；此外还有一个人物形象的红色印章。

这是一幅彩色的漫画，虽为漫画，但脸庞的上额、下巴、五官、须发等各处比例，却没有像一般漫画那样，进行着力的夸张。最特殊的地方，是鲁迅先生的两只眼睛，与我们所见到的照片上，以及我们印象中，甚至想象中的鲁迅先生的眼睛，完全不一样。作者让它们眯缝成一条线，显得那么慈祥，那么亲切，完全是一个普普通通的老人；并不像国内的画家刻意要在先生的脸上表现出什么精神，让别人从先生的眼里、眉上读出什么内容。有的书画鉴赏家认为：作者画中用笔、用墨也令人耳目一新，他先用淡墨色粗线条直接起稿，再以浓墨粗笔肯定下来，却基本上并不掩没原先的稿线，这样造型所用的实为复线，就等于在肉色与浓墨的诸线条及须发间多了一重色彩，起到了少有的过渡与缓和作用，从而使整个画面更加和谐、美观。在胡须和头发这部分，先涂上一片淡色，然后趁湿，再用浓墨画出。让干硬的浓墨笔触得以润泽，使之更富有韵味。在右侧面颊和唇下，涂上了淡淡的红色，给整个画面增加了色调和亮点。

这幅画的来历是这样的：1936 年 1 月 13 日，鲁迅先生又一次来到他的好友内山完造的书店，在那里遇到日本的肖像漫画家崛尾纯一，就在那里，崛尾纯一为鲁迅先生画了这幅漫画肖像。作品完成后，作者又在画的背面题辞："以非凡的志气，伟大的心地，贯穿了一代的人物。"鲁迅先生在当天的日记里也记载了此事："十三日 昙。午后往内山书店，遇崛尾纯一君，为作漫画肖像一枚，其值二元。"（《鲁迅日记·下卷》人民文学出版社，1976年版）

高明的艺术家，总是通过人物的外在形态来反映对象的内心世界的。一幅肖像画的高下、优劣，取决于其自然结构与艺术结构是否完美统一，取决于能否通过"外形"来表现其内在本质，即像古人所说的"得意忘形""超然象外""会其形，得其韵"。通过对自然形貌的改造，重组，画面上的形迹成为一种精神的显现与心灵的图像，画面上的所有部分，都获得"另一形态"的自在生命。

日本漫画家崛尾纯一对鲁迅的了解并不深刻，他头脑中没有某些中国画家的先入为主的框框，所以他能在一瞬间捕捉住鲁迅先生做为一个普通人最本质的东西，也就是最优美的东西——非凡的志气，伟大的心地。所以他能在这幅漫画肖像中，把鲁迅先生的"内与外"十分贴切和谐地统一起来。

在我看到的所有鲁迅先生的肖像画中，我最喜欢这一幅。

10. 漫话《鲁迅语录》

最早编选的鲁迅语录，是雷白文辑录的《鲁迅先生语录》。几位喜爱鲁迅著作的青年，于鲁迅先生逝世半年之后的 1937 年 5 月，在南京印行。这本语录以年代为序编排，不仅从鲁迅著作中选录，还收录了一些他人回忆的鲁迅所讲过的话。

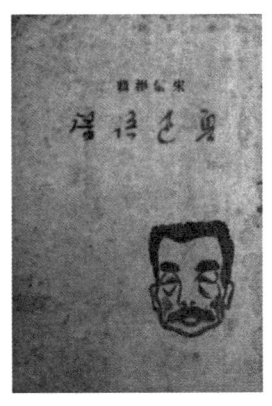

《鲁迅语录》书影

大约两年后的 1939 年 7 月，在桂林"文化供应社"当编辑的宋云彬，因患脚疾，到广西省立医院疗治，在住院的 20 多天的时间里，他阅读了鲁迅全部的杂感集子，在阅读的过程中，随手把里面精辟的句子摘录下来，共辑得 240 多条。他想到宋朝的理学家有语录，苏联的高尔基也有语录，便想要为鲁迅编辑一册语录。1940 年 1 月，宋云彬购得一套 20 卷的《鲁迅全集》，他开始系统阅读，并继续摘选了100多条，共达336条，编辑完成《鲁迅语录》。在书籍出版的前夕，宋云彬得知雷白文编选过《鲁迅先生语录》，他从朋友处借来一看，因为观点不一致，雷白文选了的他没选、他选了的雷白文又没选，两者差别很大，他没有白干。宋云彬的《鲁迅语录》于1940年由桂林文化供应社出版，32开本，初版印了5000册。宋云彬把336条鲁迅语录归为21类，共230多页，分上、下两编。上编是文艺、文言文、白话和古书等；下编是历史、文化和人情世故等。编辑精细、眉目清楚，便于检索。语录全部从鲁迅著作中选出，别人回忆记录中鲁迅的话，概不收入。基本把鲁迅一些思想的全貌反映了出来，是一本有价值的语录。具有一定的权威性。

1949年前出版的鲁迅语录，尚有1941年4月由上海激流书店印行，舒士心编的《鲁迅语录》和1946年10月由上海正气书局印行，尤竞编的《鲁迅曰——鲁迅名言抄》。这两本鲁迅语录，篇幅都很小，前者180页，后者仅60页。远没有宋云彬编的《鲁迅语录》的影响大。

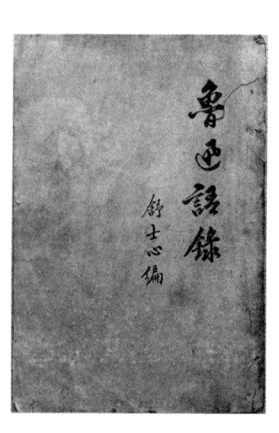

《鲁迅语录》书影

20世纪60年代中后期和70年代前期，鲁迅语录大量出现。当时，大学、工厂、以及政府机关的红卫兵组织，都自编鲁迅语录，版本之多，印数之大，仅次于《毛主席语录》。现在见到的较早的版本，是首都红代会、新北大井冈山兵团鲁迅纵队编印的《鲁迅语录》，1967年9月出版。此书封面大小、版式设计和字体与当时的《毛主席语录》极为相似。扉页上有红色题词："毛泽东同志的伟大战友鲁迅精神不朽！让我们踏着文化革命先驱者鲁迅的足迹前进！让我们在伟大的毛泽东思想道路上前进！"这段话出自陈伯达在纪念鲁迅逝世30周年大会上所做的闭幕词。有些研究者推测，这本鲁迅语录有可能是陈伯达指示或主持编写的。

我收藏了几本那个时期的《鲁迅语录》，其中比较有代表性的是1967年10月，天津东风大学东风公社文艺兵团编印的。东风大学是原天津师范学院，校名是红卫兵组织改的；东风公社是当时该校的一个红卫兵组织。这本《鲁迅语录》采用的是《毛主席语录》的开本，红色塑料封面。书名页前面的扉页上印着三条红色题词，就是前面提到的那三条，最后还特别"说明"："扉页题辞为陈伯达同志一九六六年十月三十一日在纪念鲁迅大会的闭幕词中所呼口号"。全书共276页。书前有鲁迅照片和鲁迅"横眉冷对千夫指 俯首甘为孺子牛"的手迹。鲁迅语录前有《毛主席论鲁迅》《毛主席在鲁迅逝世周年大会上的演说》《中共中央苏维埃中央政府对于鲁迅逝世的唁电》等四部分，并以《陈伯达在纪念鲁迅大会上的闭幕词》做"代序"。

全书共收鲁迅语录500多条，分为"热爱毛主席、共产党和无产阶级""阶级和阶级斗争""歌颂劳动人民和为人民服务""歌颂武装斗争""革命造反精神""痛打落水狗"等35个专题。每一专题前面都有"最高指示"。所辑录的鲁迅语录，绝大多数摘自《鲁迅全集》，但也有全集以外的内容，例如第一个专题"热爱毛主席、共产党和无产阶级"共收录鲁迅语录23条，其中就有3条来自《鲁迅全集》之外。如"在您们身上，寄托着中国和人类的希望"，注明是"鲁迅致电毛主席、党中央祝贺红军长征取得了伟大胜利——转引自北京鲁迅博物馆"。现在大家知道，这个所谓的电报是伪造的。再如"共产党是火车头"这条语录，注的是"与日本增田涉的谈话"。

突出政治，每个专题都是阶级斗争的一个链条，这是那个时期编辑的《鲁迅语录》的共同特色。一个时期以来，鲁迅被人为地捧到一个仅居于最高领袖一人之下、至高无上的神圣地位，似乎鲁迅完全不是一位文学家，而成了领导各种斗争、发出各类指示，并所向披靡、无往而不胜的党的政治领袖，人们忽略了一个基本事实，鲁迅并不是共产党员，更不是党的领袖。这些语录为了阶级斗争的需要，断章取义。鲁迅文章确有许多含蕴深邃、富有哲理，而高度凝练的警策句段，所以《鲁迅语录》和红宝书《毛主席语录》成了造反派打"内战"时，片面曲解、任意利用以攻讦对方的"理论武器"。这是鲁迅先生生前万万没有想到的。

11. 林辰的两本《鲁迅事迹考》

　　我收藏有两本林辰先生著的《鲁迅事迹考》。第一本是开明书店民国三十七年（1948年）七月初版本，据说民国三十八年（1949年）一月再版过，但我没有见过。书的封面是本白色，在书皮的中央只印着"鲁迅事迹考"5个红字；其他如作者、出版社、出版年月等等，统统没有。真可谓：素面朝天，干干净净，清清楚楚。在书的扉页后面是版权页，在这一页的左下角有一个长

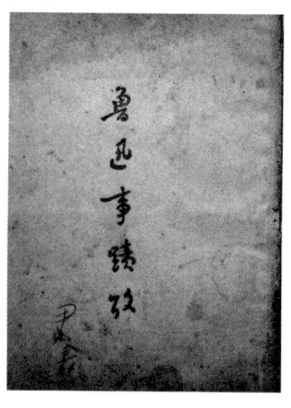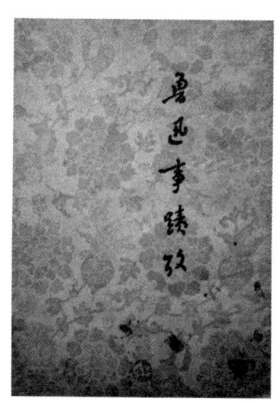

《鲁迅事迹考》书影

方形的小框，里面横排从右到左印着书名、出版日期和定价，下面竖排印有著作者、发行者和印刷者。

全书共 105 页，收录作者 10 篇考据文章，计：《鲁迅曾入光复会之考证》《鲁迅与章太炎及其同门诸子》《鲁迅归国的年代问题》《鲁迅赴陕始末》《鲁迅北京避难考》《鲁迅与文艺会社》《鲁迅与狂飙社》《论〈红星佚史〉非鲁迅所译》《鲁迅的婚姻生活》和《鲁迅讲演系年》。

最前面还有孙伏园于民国三十五年（1946 年）写于缙云山的"孙序"。孙伏园先生本人就是一个爱寻根刨底的考证迷，他在序中特别讲到传记作者在处理材料上应注意的事项。他认为，传记作者必须掌握丰富的材料，有的材料可以选取，有的可做旁证，有的则必须知道但未必要选取。他的这些说法和见解很有道理，即使对于不做传记的作者，也有重要的借鉴意义。孙伏园先生希望林辰能写出鲁迅的传记，他说"我私心希望这位未来的传记作者就是林辰先生"。但他又说："林辰先生如果能再继续写作这类考据论文若干篇，即使一时没有传记，我们读了这样细密谨严的论文，其快乐也不会下于阅读整本的传记，至少使以后的传记作者省却考证的工夫了。"确实，林辰从 1940 年就开始着手撰写《鲁迅传》，完成于 1948 年末，但这部传记在林辰先生生前没有出版，只有其中的一部分内容在杂志上发表过。2003年林辰先生逝世后，他的朋友王世家协助他的家属整理其藏笈、手稿等，其中有《鲁迅传》存稿。这部《鲁迅传》经王世家整理编校，2004 年由福建人民出版社出版，这时林辰先生已经逝世一周年，当然孙伏园就更没有机会看到了，这是题外话了。

林辰先生的 10 篇考据文章中，除了《鲁迅归国的年代问题》外，其他的文章都注明了写作时间，有的还注明了写作地点。我们从中了解到，这 10 篇文章写作时间的跨度是从 1942 年到 1945 年，经历了整整三个年头。写作的地点有重庆，及其附近的北碚金刚碑，巴县长生桥和江津谢氏梦草堂。这正是抗日救亡的时期，他是在非常艰难的颠沛流离中写成的。须知在当时就是找一部《鲁迅全集》，也不是一件容易的事情。

林辰先生在《后记》中，讲了这本书出版的曲折过程："一九四五年夏末，搜集成书，交给一个朋友办的书店出版；不久，这书店因'胜利'而蚀本关门，我的稿子也就不知去向；但这却给了我一个修正增补的机会。而现在时隔二年，生活的困苦，心境的芜杂，较之战时，实有过无不及；写作之事，更不易言。这又令我想起了这些东西，于是又将底稿找出重抄一遍，汇齐付印。"

这本《鲁迅事迹考》一出版，就得到读者的好评，它虽然只有百余页，但其学术价值很高，它向研究者展示了一种严谨的治学之道。林辰先生用乾嘉学派的方法，研究史料，考辨问题，摆史实，重证据，在进行周密地论证以后，得出令人信服的结论。例如鲁迅归国的年代问题，鲁迅在北京避难的时间和地点等等，都是在缜密考据之后，得出结果。林辰先生坚持考据学的精神，有一分证据，说一分话，这一点尤为难能可贵，所以，人们公认《鲁迅事迹考》是鲁迅史料研究的开山之作。

1949 年后，作者又对这本书进行了一些的校订与增删，以同样的书名，由上海的新文艺出版社于 1955 年4 月出版。这就是我收藏的第二本林辰先生的《鲁迅事迹考》。

两书比较，后者开本略大些，两书的宽度是一样的，第二种书要高一些。第二种的封面是本白色印着一些浅蓝色的花纹，书名是黑色，竖排，位置偏右，字体还是原来的，是从鲁迅手迹中集的字。

两书的内容变化较大，新书增加了《鲁迅与读音统一会》《鲁迅筹办〈新生〉杂志的经过》和《鲁迅与莽原社》三篇文章，删除了原来的《鲁迅北京避难考》《鲁迅的婚姻生活》和《鲁迅与文艺会社》三篇文章，同时把孙伏园先生的"孙序"也删除了。这样，文章还是 10篇，虽然最后还有作者的"后记"，但这是作者 1954 年7 月在北京重写的。作者对有些地方进行了改写，并补充了后来发现的新史料。这样林辰先生对鲁迅的考据文章实际上又增加了三篇，这就大大地丰富了鲁迅研究的成果。

林辰先生，1912 年 6 月 3 日出生于贵州郎岱（今六枝）。原名王继宣，后改为王诗农。"林辰"是他最常用的笔名。他 1929 年从贵阳师范学校毕业后，来到上海。1931 年夏，考入复旦大学中文系，但因为没有筹措到学费，而未能入学，他便开始刻苦读书自学。1932 年 9 月，由于阅读进步刊物，被国民党当局逮捕，以"危害民国"罪判刑 5 年，1934 年因病保释出狱。从 1936 年起，他在贵阳等地做中学教师。20 世纪 40 年代，他在川贵大后方教书的时期，怀着对鲁迅的崇敬之情，开始了异常艰难的鲁迅研究。

1949 年后，林辰先生在西南师院担任中文系主任，本来他可以在大西南过安逸的大学教授生活。但他应冯雪峰的邀请，于 1951 年 3 月，调入上海鲁迅著作编刊社。同年 7 月，又随鲁迅著作编刊社迁往北京，并入刚组建不久的人民文学出版社，成为鲁迅著作编辑室的一名普通编辑，无名无利无职位，住的是破旧的小平房，一干就是 50 年。

林辰先生是一位非常谦虚、和善、低调的人。姜德明先生讲过林辰先生的一个小故事。那是 1981 年，在举行了鲁迅先生诞辰 100 周年的纪念会后，与会者在人民大会堂合影。像林辰先生这样重量级的鲁迅研究者，本来应该在前排有一席之地，可是比他年轻得多，而且与鲁迅研究毫不搭界的作家，却被安排到前排入座。林辰先生悄悄地走上后几排的高高的长凳，站在那里。他已经 70 岁，一旦有个闪失，就不得了。还是姜德明先生把他硬拉到第一排长凳上，站在那里会安全一些。

2003 年 5 月 1 日，为鲁迅著作的编辑、出版，辛苦、劳累了大半生的林辰先生，溘然长逝于那个劳动者节日的浓黑的夜晚。享年 91 岁。

12.《阿Q正传》的世界语译本

　　《阿Q正传》的世界语版，钟宪民译，上海江湾出版合作社1930年2月出版，32开，86页。封面的底色是本白色的，书的左上角是鲁迅的世界语名字 Lu Xun，下面世界语的书名 LA VERA HISTORIO DE AHQ 是黑底白字，像一条横幅从左到右横贯封面。中央是汉语"阿Q正传"四个美术字，上面对齐这4个字的距离分为两部分，左边部分是"世界语"3个字，但比下面的字小了很多；右边部分用一条横线分为上下两部分，上面是"鲁迅原著"4个字，下面是"钟宪民译"4个字。当然这8个字就更小了。在封面的最下方中间靠右是"上海江湾出版合作社"9个小字。

《阿Q正传》世界语版书影

　　《阿Q正传》世界语译本的《前言》中，介绍了鲁迅生平，特别指出他是世界语运动的支持者。鲁迅1930年12月6日致孙用信中提到这本书，鲁迅说："《阿Q正传》的世界语译本，我没有见过，他们连一本也不送我，定价又太贵，我就随他了。"鲁迅先生这里的"他们"，显然不仅仅指出版社，也指译者。这句话既包含着鲁迅的不满，也包含着他的宽容和大度。此书出版后，还颇有读者，以后又再版过两次。最后一次是1941年5月重庆世界语函授学社出版的第三版。

译者钟宪民，1910年生，浙江崇德石门湾人。原是上海南洋中学学生，曾为上海商务印书馆出版的《学生杂志》编过《世界语栏》。在翻译《阿Q正传》前的两年，即1928年，他已经把冰心的一部分作品翻译成世界语。当时他仅18岁，翻译《阿Q正传》时，也只有20岁，可见他是一位很有才气的文学青年。他与鲁迅早有交往，在《鲁迅日记》中可以见到他与鲁迅交往的记载。如1927年1月15日载："晚真吾为从学校执来钟宪民信，十日石门发。"同月24日载："下午寄钟宪民信。"1929年4月16日载："得钟宪民信。"两天后的18日又载："午后复钟宪民信。"可以推想，钟宪民用世界语翻译《阿Q正传》是得到鲁迅首肯的，但不知为什么书籍出版后却没有给原著者鲁迅一本。

20世纪，世界语运动在中国方兴未艾，因为世界语比较容易学，特别是有些英语基础的人学习起来更为容易，不少文学青年都是世界语者，最著名的当属巴金。当时鲁迅身边就有一些文学青年是世界语者，如王鲁彦、向培良、荆有麟等人。钟宪民是在胡愈之、巴金、索非主持的上海世界语学会学习的世界语。他从 1927 年就开始致力于用世界语向外国介绍中国文学，除了上面提到的他翻译了冰心和鲁迅的作品外，还翻译了《郭沫若先生及其文学作品》(合译)、郭沫若的话剧《王昭君》以及李辉英等人的《归来》和刘盛亚的《小母亲》。

钟宪民还从世界语转译外国文学作品，介绍到中国，其中有尤利·巴基的长篇小说《牺牲者》(1934 年)、短篇小说集《波兰的故事》等，特别是翻译的波兰作家奥西斯歌的长篇小说《马尔达》(又译作《孤雁泪》《玛尔旦》《北雁南飞》) 影响最大，1929 年 7 月由上海北新书局初版，到 40 年代又出了 4 个版本。

1929 年，国民党中央宣传部国际科聘请钟宪民为世界语干事。其后，他长期在国民党政府文化宣传部门工作，1949 年随国民党去了台湾。

13.《鲁迅日记》中的叶永蓁

　　近日翻阅香港学者许定铭的《醉书随笔》，读到《两种版本的〈小小十年〉》一文时，突然想到自己也有一本叶永蓁的《小小十年》，这是一本自传性的长篇小说，写作者从12岁到21岁这十年的经历。小说经过鲁迅先生删改后并写《小引》，推荐给出版社出版。找出书来阅读，开篇就是鲁迅先生的《小引》，鲁迅先生在《小引》中写道："这是一个青年的作者，以一个现代的活的青年为主角，描写他十年中的行动和思想的书。""然而这书的生命，却正在这里。他描写了背着传统，又为世界思潮所激荡的一部分的青年的心，……至少，将为现在作一面明镜，为将来留一种记录，是无疑的罢。"在《小引》的最后，鲁迅说："我不是什么社的

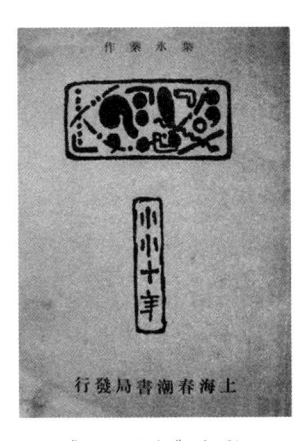

《小小十年》书影

内定的'斗争'的'批评家'之一员，只能直说自己所愿意说的话。我极欣幸能绍介这真实的作品于中国，还渴望看见'重上征途'以后之作的新吐的光芒。"可以看出，鲁迅对这本书的评价甚高，对作者叶永蓁也寄予厚望。

叶永蓁（1908—1976）原名会西，笔名叶榛，浙江乐清人。幼年就读于乐清第三高等小学，后转到省立第十师范学校附小，1926年从省立第十中学毕业。因反对包办婚姻，向往自由恋爱，离家出走，考入黄埔军校第五期，毕业后参加北伐。其后到上海居住，因给《奔流》投稿，得以认识鲁迅。

查《鲁迅日记》（人民文学出版社1959年8月北京第1版），叶永蓁一共出现过23次，时间跨度从1929年到1933年，共5年时间。这几年在《鲁迅日记》出现的次数分别是：1929年18次、1930年3次、1931年1次、1933年1次。可见1929年是叶永蓁与鲁迅的交往最为频繁的时期，也正是在这一年的7月28日，鲁迅为《小小十年》写了《小引》。

叶永蓁的名字第一次出现在《鲁迅日记》里是1929年5月3日，这一天鲁迅在日记中写道："晴。……寄还陈瑛及叶永蓁稿。"（《鲁迅日记》第642页。以下只注页码。）虽然没有明确指出是叶永蓁的哪份稿子，但我们可以断定此稿就是他的《小小十年》，因为鲁迅的

《小引》写于1929年7月28日，在《小引》中鲁迅说："通读了这部书，已经在一月之前了"，在时间上相吻合，而且后面日记中也没有关于稿件的记载，故可以作此判断。那一年叶永蓁21岁，是个初出茅庐的文学青年，鲁迅49岁，已经是广受尊重的文学前辈。

《小小十年》经鲁迅推介，由上海春潮书局出版发行。版权页上印着："十八，七，一日，付排。十八，八，十五，初版。""十八"指民国十八年，即1929年。1929年9月5日《鲁迅日记》载："下午叶永蓁来并赠《小小十年》一部。"（第656页）出版二十天后，叶永蓁就把新书送到鲁迅先生的手中。

1933年8月，《小小十年》由生活书店重印。鲁迅的《小引》和作者的《后记》仍保留。但作者又加上一篇《后记之后》，对《小小十年》出版以来，受到的批评，给予反击。另外，书内原来的作者自绘的12幅插图全部删去，又重新画了17幅。本来作者自己满意的封面，不知何故也换了。一个月后，鲁迅收到叶永蓁的信和出版的新书。《鲁迅日记》1933年9月21日记载："晴。午后得叶永蓁信并《小小十年》三本。"（第846页）不过，从此以后，《鲁迅日记》中再也没有出现叶永蓁的名字。

根据《鲁迅日记》的记载，在与鲁迅交往的几年中，叶永蓁共5次登门拜访鲁迅先生，第一次拜访是

1929 年 6 月 15 日下午，那天上午晴，下午下起雨来，晚上转为大雨。那一天的全天日记是："十五日　晴。上午收教育部编译费三百，是四月份。午后汪静之来，未见。雨。下午叶永蓁来。夜同方仁、广平出街饮冰酪。大雨。"（第 647 页）他最后一次拜访鲁迅是 1930 年 3 月 16 日，那天下午他与段雪笙一同拜访了鲁迅。叶永蓁共给鲁迅写过 12 封信，鲁迅给叶永蓁写过 5 封信，遗憾的是，鲁迅的 5 封信一封也没有保留下来。叶永蓁与鲁迅的交往，并不限于泛泛的文字之交，在《鲁迅日记》里还记载着叶永蓁向鲁迅借钱的事。《鲁迅日记》1929 年 7 月 31 日记载："叶永蓁来，假以泉廿。"（第 652 页）这是叶永蓁第二次拜访鲁迅时的事。看来他当时的生活十分拮据。日记中没有记载这二十块钱是否还过，不过鲁迅资助贫穷的文学青年是很平常的事情。

除了这本《小小十年》，1934 年叶永蓁又在生活书店出版了他的散文集《浮生集》。这年秋天，叶永蓁觉得中、日之间必有一战，便谢绝一切文坛上的朋友，重返军队。叶永蓁的军旅生涯似乎要比文坛经历更辉煌，经过多年征战，他当上了副军长并升为少将。1949 年，随国民党军队到台湾，1964 年退役，任交通部电信总局顾问。1976 年 10 月 7 日在台北病逝，享年 68 岁。

14. 值得研究的"绿皮书"

　　我收藏有 4 本 20 世纪 50 年代人民文学出版社出版的"绿皮书":《应修人　潘默华选集》(1957 年 9 月)、《惠的风》(1957 年 9 月)、《废名小说选》(1957 年 11 月) 和《刘大白诗选》(1958 年 1 月)。这几本书的封面都是浅绿色的,书名是深绿色的,虽然是同一颜色,但字迹很清楚。这些书因书皮的颜色,而被称为"绿皮书"。这套书之所以用绿色作封面,是因为绿色是春天的象征。

　　人民文学出版社成立于1951年3月,隶属于文化部,第一任社长兼总编辑是冯雪峰。成立伊始,时任出版总署署长的胡愈之倡

"绿皮书"书影

议编选"新文学选集"。首先，重印了鲁迅的《朝花夕拾》《华盖集》《二心集》《南腔北调集》《准风月谈》等著作的单行本，接着又出版了郭沫若、茅盾、巴金、老舍等重要作家的名著。

为了更全面地展现"五四"以来新文学发展的面貌，从1953年开始，有计划地出版一些代表性的作家，在三四十年代的代表性作品。到1959年，共出版新文学作家选集近70种。例如，最早于1953年出版的三种是《沙汀短篇小说集》《艾芜短篇小说集》和《夏衍剧作选》；接下来的1954年和1955年两年出版较多，各为13种，包括柔石、丁玲、魏金枝、胡也频、叶圣陶、巴金的短篇小说集，吴组缃、冰心的小说散文选集，田汉、曹禺、丁西林剧作选，唐弢、（聂）绀弩杂文选，以及朱自清、闻一多、蒋光慈、冯至的诗文选集。1956年到1958年这3年，文学界经历了反胡风、反右派运动，自然对"新文学"的出版造成巨大影响，首先是人民文学出版社的社长兼总编冯雪峰被打成"右派"，所以这三年一共才出版了19种。其中有老舍、废名、王统照的短篇小说，刘大白、刘半农、萧三的诗选等。这些图书的封面，有一部分是白底绿字，但大多采用淡绿底深绿字。这就是"绿皮书"的来源。

据说，社长冯雪峰反对以丛书命名这些展示新文学的图书，于是就采用这种统一装帧的方式来显示"丛书"的性质，也许这样做更从容、灵活。

这套书籍的出版到现在已经过去半个多世纪了，其中有很多问题值得研究，然而没有得到充分的研究。首先是作家的遴选，作家能否入选，明显地放映出当时的权威部门对某个作家的看法和评价，这自然与作家本人的政治态度、政治身份密切相关。但也并非完全如此，例如，沈从文在20世纪50年代被认为是"粉红色作家"，并说他"一直是有意识地作为反动派而活动着"的，他被迫离开了文学队伍，去研究文物了，但绿皮书中有《沈从文小说选集》。据说，这与1953年的文代会上（沈从文以工艺美术界代表的身份出席），毛泽东对沈从文说的那句"你年纪还不老，再写几年小说嘛！"有关。再如，作家丘东平是党员，又是抗日敌后战场（新四军）牺牲的唯一作家，他的作品主要写海陆丰斗争中的人民和新四军战士。但因为丘东平与胡风的密切关系，没有入选。胡风认为这是周扬的宗派主义作祟。实际情况是否如此，有待研究。

"绿皮书"在现代文学史上更具重要的版本学、文本学的价值，从中可以看出作者某些作品的文本变迁。在出版作品前，作家无一例外地被要求对作品进行修改。而几乎所有的作家都按照"官方"制定的标准，即毛泽东《在延安文艺座谈会上的讲话》中制定的"政治第一，艺术第二"的标准，对自己的作品进行了修改和删减。自然这些修改主要集中在政治态度、思想倾向方面。例如，老舍对《老舍短篇小说选》中的作品，进行了许多修订，尽管他在《后记》中说得很轻松："除了不太干净的地方略事删改，字句大致上未加增减，以保持原来的风格。"不过，如果细心的读者拿 1949 年前的文本与此对照一下的话，就会发现，并非"字句大致上未加增减"。沈从文也删去了自己很多作品，他在《选集题记》中承认："读者对象今昔已大不相同，习作中文字风格比较突出，涉及青年男女恋爱抒情事件，过去一时给读者留下个印象的，怕对现代读者无益有害，大都没有选入。"

"绿皮书"的出版，为当时的读者提供了丰富的阅读选择，使他们开阔了文学视野。半个多世纪后的今天，对这批"绿皮书"进行研究，成为一个具有历史实证品格和文化变迁意义的课题。

15. 大作家写的"小书"

　　我的藏书中，有两本著名的大作家出版的小书。所谓"小书"并非指作家作品的内容浅薄，而是指作家作品的开本比较小。

孙犁的《津门小集》

　　著名作家、荷花淀派创始人孙犁的《津门小集》，可能是他出版的三十几种著作中最小的一本了。《津门小集》1962年9月由百花出版社出版，书的大小是690×960毫米（书的版权页上印的是"690×960粍"），小32开。全书2万8千字，共77页。封面的底色为灰白，书名下面是"孙犁著"，再下面是与书名等宽的正方形的图案，是天津海

《津门小集》书影

河的景致，画面主体是右边的两棵高大的松柏树和河边的路灯，以及河岸的护栏，还有远处的铁桥与之平行。总之，是50年前天津的标志性画面。

此书出版时，孙犁正在养病，他本想要写《铁木后传》，但身体不允许他下乡去体验生活，他又想整理《风云三集》，但脑力又有些承受不了。最后决定编辑一些短文。当时在《新港》工作的冉淮舟帮助他誊写、抄录了这本书的文章，使这本书得以顺利出版。

正如作者在《后记》中所说，出版这本书的目的是"对天津人民新的美的努力所做的颂歌，贡献给读者"。

书中收入作者从1949年1月到1956年1月，7年间所写的18篇短文。从题目就可以看出是"对天津人民新的美的努力所做的颂歌"，如《新生的天津》《人民的狂欢》《学习》等。另外，里面有几篇是讲天津一些地方的新变化，如《小刘庄》《挂甲寺渡口》《津沽路上有感》等。

我与孙犁先生有过一面之缘。我在天津南开中学上高中时，参加了学校的文学社团"朝华社"。"朝华社"经常请天津的一些著名的作家来校为社员讲座，辅导我们的写作。1963年，我上高二，社里准备请孙犁来搞一次讲座，"朝华社"社员李方庆同学与我同级不同班，他是著名的作家、鲁迅的学生李霁野先生的侄子，因为其伯父的关系，他认识一些天津的作家。社里决定派他去与孙犁联系讲座的事情。李方庆拉上我与他一同去。就这样我与李方庆同学去了孙犁的家，当时已经是晚秋的天气，孙犁穿着一件"家做"薄棉袄，外表像一个农民，而不像大作家。李方庆同学好像与孙犁很熟，进门就问"孙伯伯身体好吗？"我们说明来意之后，孙犁没有犹豫就拒绝了，理由很简单，就是身体不好，有头晕的毛病。李方庆没有再请求，我一直也没有说话。在孙犁家前后呆了不到十分钟我们就告辞了。出来后，李方庆对我说，孙犁是有病，曾经因为头晕，跌倒摔伤过，一直没有彻底好。自然，我们没有机会聆听孙犁对文学和写作的高论了。

尽管如此，我对孙犁的著作发生了兴趣，从图书馆，借来他的短篇小说集《荷花淀》和长篇小说《风云初记》来读，并购买了这本小书《津门小集》。书的定价是 0.21 元，大约是我一周的早点钱（我上学的早点是从家带一个馒头或一块饼，到早点铺花 3 分钱喝一碗豆腐脑），为了买这本小书，我啃了十来天的干馒头。

叶君健的《樱花的国度》

叶君健先生的《樱花的国度》，由少年儿童出版社出版，1962 年 5 月第 1 版。书的开本是：787×1092 毫米，42 开。现在这样小开本的书已经很少见了。全书

《樱花的国度》书影

65页，共2万7千字。拿在手里，小巧玲珑。书的封面设计也很漂亮，以灰色为底色，图案由几部分组成：主体是粉红色为底的白色的樱花，中间灰底上有一个白色的富士山峰，在封面的右下角隐约可见人群打着横幅，举着拳头，像是在示威游行，另外，在封面的右边，还有两个白底黑字长长的条幅飘扬着。无论从书名还是封面图案，一眼就可以看出，书的内容是讲日本的事情。这本书的定价是0.14元，书的印数是一万册。

因为上海少年儿童出版社的读者多为少年儿童，这本书中的一些相对较难字后面加注了汉语拼音，以方便识字不多的少儿读者。

全书共收散文11篇，第一篇是《重访日本》，另外还有《旧交》《大使》《渔人》《有料路》《"一六"银行》《卖"中华面条"的人》等篇什。文章都很短，都在两千多字左右。

在《后记》中作者讲了这些文章写作的背景。作者写道：

去年（1961年）三月间，我作为中国作家代表团的一个成员，到日本去参加在东京召开的亚非作家紧急会议。那时樱花盛开，非常美丽。我顿时就对这个以樱花驰名的国度感到浓厚的兴趣。

开完会以后，由于日本朋友的热情帮助和安排，我们得有机会到日本许多地方去旅行了几个星期，参观了一些城市、农村和工厂，也接触到许多不同阶层和职业的人。这些人和物在我脑中留下了极为深刻的印象。回国以后，我就陆陆续续把这些印象记下来，成为一组访日的散文。这里所收集的十来篇东西便是其中的一部分。

叶君健先生早在1936年就到过日本，但那次日本之行的记忆并不愉快，他是从武汉大学毕业后到日本东京教授英文和世界语的，因有抗日嫌疑被日本当局逮捕。1937年秋被驱逐回国。这次日本之行却另有一番感受。

我与叶君健先生有过一面之缘，那是20世纪80年代，与北京的几位外语教师，去叶先生在北京恭俭胡同的府上，请教英语翻译的问题。

后来我与先生的长公子叶念先成了朋友，又多次到他的那个古老的四合院去。2011年8月，在天津召开的国际世界语教师大会上，我与叶念先再次聚首，我携带了这本《樱花的国度》，请他过目，并希望他写几个字。念先先生说："我父亲的这本书已经很难见到了，想不到50年来，你还保存完好。"他在书的扉页上写下"树德老师存念　叶念先　2011.8.13"几个字。我收藏这本书，是因我敬仰叶君健先生，也是纪念我与叶念先的友谊。

中辑 书评书介

1. 充实而快乐的文化生活

——阿滢的《秋缘斋书事四编》

得知阿滢先生又一著作《秋缘斋书事四编》问世，便发去邮件求书，很快就收到了他的赠书。"秋缘斋书事"是阿滢先生写作之余的副产品，每年一辑，这本"四编"是第七辑。主要记述 2008 年这一年，他与各地书友的交往与友谊、读书与聚书、写作与发表的情况。虽然有点像流水账，但读来饶有兴味。阿滢先生是一位普通的文化人、省作家协会会员、专栏作家，主编《泰山书院》《新泰文史》等刊物，他还是九三学社社员、政协常委，要参加不少的社会活动。这些在书中都有记载。《秋缘斋书事四编》是中国一位普通文化人文化生活的写照，有人称之为"秋缘斋现象"，也不为过。我从这本书里，看到阿滢的文化生活是充实的，是快乐的。

读书之乐

对一个文化人来说，最大的快乐莫过于读书。古人把"雪夜闭门读禁书"看成人生的至乐。阿滢先生时时在读书，无论是花明柳媚时，还是梧桐秋雨时；处处在读书，书房里，卧榻上，逆旅中，手持一卷，读上一页两页，三页五页。读书对他来说是一种心境，一种活法儿，一种远离尘嚣、获得心灵满足的快乐。这样的"读书事儿"在《秋缘斋书事四编》这本书里，可以说比比皆是，俯首可得。试举几个小例：

二月五日（腊月二十九——笔者按），带妻子和儿子、女儿回新汶爸爸家过春节。带回宁文兄的《开卷闲话四编》和马嘶先生的《往事堪回首》，待闲暇时阅读，……

二月六日，除夕。下午，阅读马嘶大著《往事堪回首》。

二月八日，大年初二。本想今天回去，明天上午出去串门拜年，大哥大嫂和爸爸都不让走，只好等明天再走。读马嘶著《往事堪回首》。

二月九日，大年初三。在爸爸休息时，选读了马嘶著《往事堪回首》中《陈独秀绝笔书稿今何在》一文。

二月十日，读马嘶著《往事堪回首》。

二月十二日，《泰山人物》书稿校改完毕。读《往事堪回首》。

二月二十日，夜，读徐雁兄之《雁斋书事录》。

二月二十一日，与大哥一家回新汶爸爸家过元宵节，……晚上，约大哥一家到家里吃晚饭。晚，读徐雁兄之《雁斋书事录》。失眠。凌晨一时，续读。

二月二十三日，晚，读徐雁兄之《雁斋书事录》，至凌晨一时。

这就是阿滢春节期间读书的记录。他平时更是如此。他是忙碌的，也是充实的，更是快乐的。不知你信不信，但是我信。

聚书之乐

阿滢先生自称"我只是一普通的爱书人而已"，当然这是夫子自道。在我眼里他的爱书，已经达到了痴迷的地步，有的朋友就直呼之"书痴阿滢"。阿滢淘书，聚书，经年乐此不疲。他不但自己到处搜求，还托各地的朋友代为淘购，积沙成塔，蔚为壮观。因为书籍太多了，有的并没有读过。面对自己心爱的书籍，想时光之飞驰，有时不免生出一丝丝的伤感。他自己说："这样一算，真是可怕。除了正常的工作、生活以外，能有多少时间用来读书呢？有时面对自己的藏书，竟有一种愧疚感，就像召进宫里的妃子一直没有临幸，觉得对不起她们。"尽管如此，阿滢还是不停地淘书，聚书，他的朋友们还是不间断地给他寄刊寄书。从东北到海南，在他去过的大小城市的古旧书店、故物市场里，都留下他淘书的身影。朋友的赠书、赠刊几乎每天都有。仅以一日为证：

> 五月五日，今天，是一个令人兴奋的日子，当我到办公室打开邮箱时，邮件把邮箱撑得满满的。《扬州文学》编辑部主任蒋亚林寄来今年第二期杂志；《邹城文艺》执行主编孙继泉寄来了散文集《村庄以外》和二〇〇八年第一期《邹城文艺》杂志。《蒲松龄研究》编辑部谭莹寄来二〇〇八年第一期杂志。内蒙古冯传友兄寄来一至四期《清泉部落》报。……

书籍是鲜花，书籍是美酒，书籍是伙伴，书籍是朋友。春风煦暖，夏花绚烂，秋叶精美，冬雪缠绵，季节轮回，周而复始。阿滢先生，远离尘嚣，独处"秋缘斋"，坐拥书城，品茗披览，何其快哉！

交友之乐

夜空因繁星而灿烂，清晨因旭日而光彩，人生因友谊而美好。这是一句一再被人们重复的话，谈到阿滢的交友之乐，我不得不再重复这句话。阿滢有各种各样的朋友，有经常见面的朋友，有从未见过面的网友和博友；朋友中有德高望重的专家、学者，也有各行各业的普通人。他的朋友遍布全国各地。他到底有多少朋友，可能连他自己也说不清楚。他与这些朋友交流读书心得，为这些朋友办的报刊供稿，也为朋友的著作写序，写跋，写评论。总之，他与朋友的交往是文化的交流，是没有功利可言的。从 2 月 7 日，大年初一，他打的拜年电话和他收到的拜年短信，可略见一斑。"上午，分别给文洁若、姜德明、袁鹰、谭宗远、食指、刘宗武、来新夏、陈梦熊、李济生、丰一吟、张炜、苗得雨、周晶、流沙河、龚明德、彭国梁、萧金鉴、李高信、马旷源等师友打电话拜年。"阿滢在"等"字前所列十九人，都是读书人耳熟能详的人物，都是声名卓著的文化人，是人们所敬仰的人物。在同一天，他还写道："从昨天到现在收到各地师友贺年信息近二百条。"我想阿滢与这些朋友的友情，是植根于中国的深厚的黄土地，承受着华夏文化与思想的滋润。阿滢的生活和人生乐曲，因为友谊的涛声而更动听，更美好。

写作之乐

阿滢是作家，是编辑，写作不但是他工作的题中之义，而且已经成为他生活中不可或缺的部分。他几乎每天都忙着为报刊杂志撰稿，为朋友的书籍校稿，给朋友们发送电子邮件，书写信件，撰写博文……文为心画，言为心声，写作对阿滢来说，是倾吐感情，宣泄心灵的艺术；写作使他陶醉，乐在其中。撰写博客是阿滢先生写作的一个主要内容，他的许多美文，都是首先在博客上贴出。他的博客，是交流思想情感的泉水，潺潺流长；他写博客，是叩击心扉的跳跃思维，以一种曼妙的方式释放，冲破束缚，呵护心灵纯洁。正是由于这些原因，他的博客受到广大网友们的普遍喜爱。"秋缘斋博客"已经成为知识界的名博。"网上博客数不来，无人不知秋缘斋"。阿滢在《秋缘斋书事四编》中的自述，"（二〇〇八年）二月十一日，上网发现自己的博客访问量由年前的十五万，达到现在的十六万三千人次。"三年后，当我写作这篇小文时，再次浏览"秋缘斋博客"，现在的访问量已经达到226万人次以上。我作了一个简单的统计，最近半年（2011年3月到8月），他共撰写博文 168 篇，平均每月 28 篇，除少数几篇是转载的以外，他几乎每天撰写博文一篇。写作的甘苦阿滢先生自知，我们从《秋缘斋书事四编》中读到这样的记载：

　　一月三十一日，编辑部的人员已全部回家，只剩下我孤家寡人在办公室。……把邮箱里积压的朋友邮件一一回复。

　　二月六日，除夕。校对《泰山人物》书稿。头痛，洗头后稍有缓解。

在写作中，他必须抛开凡尘的喧嚣与嘈杂，摒弃生

作者与阿滢（右）在天津第 13 届全国读书年会上

作者与阿滢（右）在温州图书馆前合影

活的俗务与杂念，在精神的家园中尽情地享受飞翔的自由。

　　写作有苦，苦中寓乐，乐在其中。作为一个常年写作的人，阿滢先生懂得"放下"和"舍得"，所以他的文章豁达、洒脱、宽容、大气。因此他的事业之花，生命之花，才绽放得这样新鲜、这样美丽、这样灿烂！

2. 秋水文章不染尘

——姜晓铭的《积树居话书》

用了两天的时间，把姜晓铭先生的新著《积树居话书》读完了。掩卷沉思，想用一句话来形容我读后的感受，立即想到了"秋水文章不染尘"这句话。

《积树居话书》2012年5月天地出版社出版，是朱晓剑、朱姝主编的"读书风景文丛"之一种。当我打开厚厚的包装，看到这本书时，眼睛不禁为之一亮，书的封面朴素大方，右下角的那个"赛姬与丘比特"藏书票令人遐想，并马上嗅到一缕幽幽的书香。

全书收入姜晓铭先生近年来关于书的文章78篇，有书话、书评和随笔，分为"书林叶拾""书边絮语""书林纪事"和"外七篇"4辑。这些文章都不太长，文风质朴、自然、清新。无论是品书，还是论人，都像秋水一般清澈明净，不沾染半点世俗尘埃。

我特别欣赏那篇《积树居絮语》，读起来，就像夏日在夕阳西下的静谧中，晚风吹动着香椿树浓密的叶子，这里远离繁华闹市的喧嚣，也远离电化声光的诱惑。几个书友坐在树下，围一小方桌，桌上没有香烟，也没有香茗，只散放着几本书。一位嗜读书、爱聚书的朋友，正在讲他的"书"和他的"书事"。你听：

　　秋梦无痕，一场秋雨，丹桂飘香，声声蝉唱。九月忙碌之后的清闲，秋水夜读好不快活。实体书店现在去的极少，书摊上已再难淘得好书，好在网购方便，得悉"三老集"出版，赶紧上卓越下单网购，并在孔夫子旧书网拍得毛边书、签名本。

　　卓越网购得：

　　1.《海豚文存·八十溯往》，沈昌文著，精装，三十二开，海豚出版社，二〇一一年八月一日第一版。

　　2.《海豚文存·记得清山那一边》，钟叔河著，精装，三十二开，海豚出版社，二〇一一年八月一日第一版。

　　3. ……

　　……（《积树居话书》第 26 页）

俗话说："人吃五谷杂粮，哪能不生病。"姜晓铭先生也生病，他是怎样养病的？再听他的"絮语"：

　　秋风起，蟹肉香，本想乘这个国庆长假好好地品味一下蟹膏，饮上几杯美酒，认真读几本可读之书。怎奈不敌病毒入侵，身体明显不适，十月一日中午饭后感到乏力，要感冒了。

……夜里实在熬不过去，真有病来如山倒，浑身无力，却不能寐，遂起身，坐读黄岳年兄的《书蠹生活》，至凌晨三点多方躺下。

晨起浑身无力，发汗。妻陪同去看医生，一番问诊，开药吊点滴。

……

心安则为家，读书人的心灵的慰藉，无非是有可心之书可读之书相伴。书籍是我梦里情愫，是生命的一种理念，是寻梦的根本。

收到安徽芜湖汪应泽寄赠的《南宋状元张孝祥》一书。……

收崔文川快递寄来《金融票证话沧桑》、《当代名家楹联书法集》。

收读北京《芳草地》二〇一〇年第三期、《书友》报二〇一〇年九月二十八日第九期（总第一四一期）、《开卷》二〇一〇年第九、十期。

上午吊点滴，下午在家听音乐读书。……

吊了几天的点滴，烧是退去，但身体还没有恢复，真正体味到病去如抽丝，恢复缓慢，好在点滴伴读书，亦不觉了。(《积树居话书》第38至39页）

有红袖添香伴读书的，亦有香茗美酒佐读书的，但姜晓铭先生是在病榻之上，一手扎着吊针，一手捧着书本在读。此情此景，令人感动。但转念一想，如果在金圣叹的 23 条"不亦快哉"之后，再加一条："安卧病榻，点滴伴读书。不亦快哉！"这也是一种潇洒。

姜晓铭先生读书、爱书、聚书，以书结缘，认识了许多读书人，获得他们的赠书，并为他们的作品写书评。"书边絮语"这一辑中就有二十几篇书评。姜晓铭写书评是以平等的态度，对待朋友或其他作者的著作，没有一点书评人常常流露出的居高临下的态势或语气，纯粹是读完一本书，认真理性思考以后，有感而发的心得体会，所以不但文笔流畅，而且娓娓道来，耐人寻味。

以书籍作桥梁，姜晓铭先生还有缘结识了一些德高望重、著作等身的前辈文化人，像与萧乾共同把乔伊斯的天书《尤利西斯》翻译成汉语的文洁若老人、漫画大师华君武先生，还有杨苡、袁鹰、姜德明、钟叔河、来新夏、陈子善、王稼句、龚明德、贾平凹等。他与这些文化名人不但有书信来往，而且还获得了他们著作的题签本。"书林纪事"这一辑中的 26 篇文章，就是讲述他与这些名家相识、结缘、获得题签本的故事。每个故事都是那样的生动感人，不仅可以看到姜晓铭先生尊敬长

作者与姜晓铭（左）在温州第 11 届读书年会上

者，虚心向学的谦逊态度，还可以领略这些文化名人扶持后学的大家风范，更为文学史、文化史留下了一份份弥足珍贵的史料。

我与姜晓铭先生，相识于网络，我读他的博文，觉得很有启发，获益良多，就在他的博客上留言，他也回帖，渐渐地我们成了朋友，他给我寄赠刊物并向我约稿。2011 年在温州市举行第九届民间读书年会，当时我正受聘于温州大学，也参加了那次会议。就是在那次会议上我们第一次见面，我没有想到他那么年轻，与他文章的老到有些不匹配。他为人真诚、热情。因为我第一次参加这种会议，和与会的绝大多数人不熟悉，他就主动把我介绍给一些朋友，由于他的介绍，我很快结识了许多著名的爱书、读书、写书的朋友。使我在会议上，一点也不感到陌生和孤单。

　　姜晓铭先生的书斋名为"积树居"，我开始猜想"积树"是不是"积书"的谐音。现在读了《我的书斋區》一文，才知其意为"学问之道是一点一点积累而来的"。我以为"笔名大王"陈玉堂先生为他的书斋撰写的书斋联，是对这个名字最好的诠释：积学勤于恒，树人德为本。

　　姜晓铭先生确实是一位勤于积学的作家，又是一个品德高尚的朋友。

3. 读书是一种教育

——夏春锦的《悦读散记》

夏日炎炎，海天云蒸。窗外树上的知了就像一支啦啦队，替杲杲烈日呐喊助威。我关闭了门窗，开了空调，书房里马上变得一片清凉。打开电脑，把近两日读夏春锦先生的《悦读散记》的感受写下来。

《悦读散记》是夏春锦的第一本著作，2012 年 5 月天地出版社出版，是朱晓剑、朱姝主编的"读书风景文丛"之一种。小 16 开本，17 万 9 千字，共 227 页。

夏春锦寄给我的是毛边本。我也是一个鲁迅先生所称的"毛边党"，但不像陈子善先生那样，他才是铁杆的、最坚定的"党员"，我是刚刚"入党"不久，手里的毛边书还不到二十本。夏春锦的这本毛边书，无疑是一份厚礼。一本好书就是一份厚礼。

在书的封皮后面的空白页上，写着"此为三十部毛边本之一十七部"。在扉页上，写着"读书贵有悦乐处是为悦读 请李树德教授正之 春锦壬辰年五月 于江南"。

著作等身的作家安武林先生为这本《悦读散记》写了《纸上的风景》作为代序。安先生认为，爱书是一种兴趣和爱好，只是这份兴趣浓了以后，"就变成了一份理想和事业"。我非常赞同安先生的这一见解。由此也引起我的一些感想。

我在高校工作，深感现在学校这个读书的乐园中，爱书、爱读书的人渐渐少了。这与物欲横流、理想缺失的大环境不无关系。

在我的一次关于"做读书的有心人"的讲座之后，一位时尚亮丽的女同学站起来问道："我是学物理的，读鲁迅、巴金、莎士比亚有什么用？这与我们将来成为物理学家，或者创业挣大钱有什么关系？"

我当时是这样回答的：你考入的不是一般的培训学校，而是大学；在完成学业后可以获得写有"理学学士"的学位证书，而不是写着"合格的车工"之类的证书。学位证书就是证明你曾经接触过一些人类历史进程中积淀下来的思想。而读书就是一种教育。

在文明社会，人人都想成为一个有品位、有素养的人，但没有别人的帮助，谁也不会成长为有素养的人。要想成为一个有素养的人，必须获得文明社会所需的知识和经历，而人生短暂，不可能有足够的时间完全获得这些东西。

我给她举例说：美国麻省理工学院的石廊上，刻着许多伟大科学家的名字。如果你在物理课上没有睡觉，那么你所拥有的物理知识，要比名字刻在上面的物理学家们多得多。这是因为前人把知识传递给你，你才可以从前人已经取得的成绩上起步。

人类技术的发展是这样，人类精神财富的积累也是如此。这些财富中，不管是科技方面的，还是精神方面的，都储存在书本里。书籍是人类创造的最神奇的东西之一，读书会增加人生的阅历，多读一本书，你就多增加一份经验。读一读鲁迅的书，你的头脑里就有了一些鲁迅的思想，读一读巴金的书，你头脑里就有了巴金的思想。通过读书，你能获得鲁迅、巴金、莎士比亚、爱因斯坦等无数前人的思想火花与人生经验，一本好书就是一份厚礼。它会为你展现你没有时间去亲自体验的生活，将你带入你没有时间去遨游的世界。从本质上讲，一个文明而有素养的人的头脑里，包含着许许多多这样的生活经历和这样的世界。如果一个人匆匆忙忙急着去赚钱，或者对自己的无知而自鸣得意，从而把鲁迅、巴金、莎士比亚、爱因斯坦的思想——这些提高你的品德修养的礼物拒之门外，那么你既不是一个发展到成熟阶段的人，也不是一个文明社会有用的成员。

不知我的回答能否使那位女同学，或者与她有相同思想的大学生们满意，但是我尽了一个教师的义务，把事情的真相告诉青年学子。

夏春锦也是一位青年，我从占全书近二分之一的"悦读日记"中了解到，他今年才28岁。他是一个把爱书、读书当成一份理想和事业的人。"悦读日记"这一辑收入他从2012年5月到11月共7个月的日记，我随机选取其中的8月份做了一个简单的统计：

全月（31天）共记日记：26篇（4日、26日、29日未记；17日到19日为一篇）

读书：4种

购书：7种

收到朋友寄来书或刊：12种

撰写文章：4篇

发表文章：5篇

夏春锦是一位教师，有繁忙的教学活动，而且这个月还出外参加了一次培训。他把所有业余的时间都用在与书有关的事情上了。"悦读日记"用活泼的笔触、生动的语言，把一个普通学者的平淡生活写得趣闻盎然，散发着浓浓的书香。他还向自己的朋友和读者敞开心扉，我们从日记中还读到：他过生日，恋人按乡俗给他煮了两枚鸡蛋；他为恋人过生日，下厨当炉烹饪美味佳肴。这些恬淡的笔墨，使我联想起沈三白（沈复）《浮生六记》中"闺房记乐"的风雅。也使我们不但闻到了书香，也嗅到了菜香。

《悦读散记》共三辑，除了"悦读日记"外，尚有

"以书会友"和"悦读漫话"两辑。前者收 16 篇，后者
15 篇。夏春锦以自己的坦诚和执著与知名的文化人广
结书缘，"以书会友"中，他用机敏与灵性的文字，讲
述前辈大家丰一吟先生的风采，描写阅读儿童文学家
金波著作时的心灵感悟，记叙儿童文学"新生代"作家
安武林的高度责任感和使命感，等等，等等。这一切都
写得那么自然、那么流畅、那么明快、那么抒情，就像
碧水蓝天上的一缕缕轻盈纯洁的白云，就像江南水乡里
的一阵阵悠扬动听的笛声。它为历史留痕，也为文学添
彩。"悦读漫话"是作者对读书这一文化现象的着力挖
掘，从人文、社会、心理等方方面面诠释悦读的内涵和

作者与夏春锦（右）在上海第 13 届读书年会上

外延，并进行深入浅出的理性分析，这不但是为自己继续悦读积累经验，也是在向社会播散读书的种子。

夏春锦就是一枚蕴含着勃勃生机的江南读书种子，他是不怀任何功利之心、纯粹的读书人。一个青年，在这个人心浮躁，急功近利，普遍追求物欲，文化变得低迷，读书趋于式微的语境中，能甘于寂寞，不为诱惑，潜心读书，实为难能可贵。在张扬文化正气中，就需要这样的中流砥柱；在文化薪火的传承中，就需要这样的睿智学子。

他播散的读书种子，有的已经破土萌芽。夏春锦在他工作的江南小城桐乡组织起读书人、爱书人的"梧桐阅社"，并出版社刊《梧桐影》。夏春锦责编的创刊号，与他的《悦读散记》是一起寄达的。

书是有灵魂的。每每翻开一本书，你会品味到不一样的人生。每一本书都是一种生活方式的写照。通过读书你能获得思想，读书的同时你也在创造自己的思想。说到底，读书是一种教育。

4. 纸馨墨香如见故人

——李传新的《初版本》

　　我与李传新先生于 2011 年在温州第九届民间读书年会上相识。在会议上我们相邻而坐，年龄也相仿，自然聊得多些。第一面他就给我留下深刻的印象：他是一位非常直率的人，一位对朋友非常热忱的人。2012 年国庆节前，传新先生给我寄来他的新著，23 万字的《初版本》（金城出版社 2012 年 8 月出版）。扉页上写着："李树德先生晒正　李传新　壬辰九月"，还钤了他的名章。

　　《初版本》的副标题是"建国初期畅销图书初版本记录解说"，实际上，《初版本》介绍的是从 1949 年 10 月至 1966 年 4 月这"十七年"中，一批畅销的文学作品的初版图书。《初版本》里一书一文，共讲述了一百多种那一时期的作品。传新先生构思严谨，文笔流畅，文章体例统一。他以自己几十年来研究的丰厚积累为基础，首先对每本书的作者、写作背景做一简单的介绍，其中特别突出作者的创造生涯和文学成就；接着对作品内容进行了生动活泼、提纲挈领地叙述；最后还对书的版本做了详细的描述，除了开本、字数、印数、定价这些一般性的资料外，还有版本的演变，以及由书衍生的电影、话剧等的考据，具有很高的学术和史料价值。更为可贵的是，书中配有那些初版本的书影，这些书影把读者带回了那个渐行渐远的时代，它既可以使年轻读者领略到那段历史的风貌，也可以让走过那个时代的读者回忆起自己的青春岁月。

对于当代文学研究者来说，"十七年"这段历史仿佛还没有走远，一些历史的见证者依然健在，自然它的文献和史料价值就显得没有那么珍贵和厚重。而说到十七年文学，我们自然不可回避在那个历史阶段政治对文学的干预，所以有些作品常因为是"图解政治"而受到研究者，以及后来读者的诟病，这是不可否认，也是不可忽略的事实。"政治第一，艺术第二"，可能是那个时期所有创作者都要遵守的律条，因此作品的文学性退到次要地位，作品的文学价值也就大打折扣。尽管如此，随着研究日益广泛和不断深入，十七年文学的文献和史料价值，越来越多地引起人们的重视。传新先生这本《初版本》就是有关十七年文学的研究的第一手资料，不能不说他为这一研究填补了一项空白。

传新先生《初版本》里讲的那些文学作品，有相当的一部分我当年阅读过。当读到这一篇篇像在书斋里与朋友聊天似的、娓娓道来的文章，又看到那些带着岁月沧桑的书影，我感觉就像见到多年的故人。

比如，著名作家马烽的短篇小说《韩梅梅》，韩梅梅是马烽塑造的回乡知青偶像，它被编入当时的中学课本，我最早是在语文课上读到的。后来出版了图书。我又买了那本小说。读了传新先生的《初版本》，知道了小说是作者创作于1945年6月的京郊，我一直以为马烽是山西作家，小说一定是在山西写的。而且知道《韩梅梅》累计发行超过30万册，还不包括马烽作品结集中收入的这个短篇小说。这样，我对《韩梅梅》的版本、读者对象和影响概况有了正确的了解。

我从小喜欢文学，一直怀有作家梦。我中学是在天津南开中学上的，学校藏书丰富的图书馆，便成了我圆梦的地方。20世纪50年代末60年代初，正是我国长篇小说出版的高潮。我从图书馆借阅了大量当时广受青年欢迎的长篇小说，如《林海雪原》《青春之歌》《野火春风斗古城》《红岩》《红旗谱》《烈火金刚》《苦菜花》《六十年的变迁》等等。我被那些书中的情节和人物深深地吸引住了，那些书中的人物，无论是杨子荣、林道静、杨晓冬、许云峰、朱老忠，还是林道静、银环、江姐、娟子都是我们那一代人心目中的英雄，爱他们之所爱，恨他们之所恨，随着主人公的命运的变化而喜怒哀乐。

特别是那本《林海雪原》，我读了不止一遍。书中虽然没有插图，可书中人物的性格、相貌和发生的事都深深地印在我的脑海里：杨子荣的大智大勇，少剑波的聪明睿智，刘勋苍的粗犷豪放，孙达得的坚忍不拔。现在看到传新先生《初版本》书中的那幅《林海雪原》的书影，蓦然，书中那些栩栩如生的人物又在我的脑海中活了起来。

最值得一提的是马识途先生的那本长篇小说《清江壮歌》，在我已经上了大学，但文化大革命尚未开始时，我在一家书店里买到《清江壮歌》这本小说。买回来我自己还没有读，就被同一寝室的同学"先下手为强"，轮番读了起来，我这个书的主人倒是同室六人中最后一个读那本书的。我是流着眼泪读完那部小说的。我还把小说主人公刘国威在敌人监狱里写给他父亲的绝笔信，端端正正地抄在自己的日记里。当我阅读完《初版本》中《清江壮歌——马识途的长篇小说》这篇文章之后，我特意翻箱倒柜找出我的那个日记本，我重温了自己近五十年前从书中抄下的文字：

父亲大人：

儿以革命有"罪"，被捕入狱，自分除慷慨就义外，别无他途。为天地存正气，为个人全人格，杀生取义，此正其时。行见汨罗江中，水声悲咽，风波亭上，冤气冲天。儿死何足惜，唯见革命未成，难以瞑目尔。

作者与李传新（右）在上海第13届读书年会上

......

　　随着我的手指在《初版本》上轻轻地翻动，那些流金岁月中的人和事，随着书中的文字浮上心头。斑驳的书影记录着岁月的沧桑，挥之不去的记忆令人回味无穷，这就是传新先生这本《初版本》的魅力之所在。尽管是流年碎影，但仍然能感受到那些书曾经给我带来的快乐与激情。

5. 梦幻、豪华、优雅

——木心的《哥伦比亚的倒影》

　　木心先生，本名孙璞，字仰中，号牧心，笔名木心。1927 年 2 月 14 日生，浙江桐乡乌镇东栅人。1982年定居纽约。早在 20 世纪 80 年代，木心在台湾地区已享有盛名，作品好评如潮。1984 年，中国台湾《联合文学》创刊号特设"作家专卷"，介绍木心，题名《木心，一个文学的鲁宾逊》，编者在导言里说："木心在文坛一出现，即以迥然绝尘、拒斥流俗的风格，引起广大读者强烈注目，人人争问：'木心是谁？'为这一阵袭来的文学狂飙感到好奇。"1997 年，台湾地区著名评论家郑明俐教授在她的《现代散文纵横论》中有专章《木心论》，给了木心七个"一"的评语，称他是"一个散文家，一个寓言家，一个现代主义者，一个无神论者，一个存在主义者，一个游客，更是一个爱掉书袋、爱抱怨世界，也能默然承受一切丑恶与华美的男人"。二十多年来，大陆的绝大多数文学读者并不知道木心，更没有读过木心的作品。

当 2006 年 1 月，广西师范大学出版社隆重推出《哥伦比亚的倒影》的时候，"木心神话"也就正式拉开了帷幕。过去我们常用"旋风"比喻那些来势猛烈的事物，这次人们称之为"强台风登陆"。《哥伦比亚的倒影》是木心先生的第一部简体中文版作品，内

《哥伦比亚的倒影》书影

收《九月初九》《童年随之而去》《哥伦比亚的倒影》《明天不散步了》(上辑)，以及《上海赋》(下辑) 等共十三篇散文，这些散文应该是最能体现木心先生行文风格的。这是木心著作第一次在大陆出版。据说，《哥伦比亚的倒影》在两个月之内就加印 3 次，一时洛阳纸贵。

陈丹青先生高调宣扬起木心，他说"木心可能是我们时代唯一一位完整衔接古典汉语传统与五四传统的文学作者"。尽管我对于"唯一"这样绝对化的词语，持保留态度，但我认为，以陈丹青的个性，他不是谀师讨好的人；以陈丹青的声望，他也不需要通过营造老师的令名来抬高自己。为了获得自己的感觉，我比较详细地阅读了《哥伦比亚的倒影》一书。

一、独特风格

初读之后，我感到木心先生的写作进入了所谓"自由王国"的境地。写起来那么的自然，自由，而又自私自足；写得又是那么随便，随意，而又随心所欲。有的时候寥寥几句，就是一篇，如《空屋》和《论美貌》；有时又一气写出上万字，如《哥伦比亚的倒影》。这是少有人能够做到的。

木心先生的散文总的说来，知性强烈。谈天说地中不忘援引学问，时时显现作者的独特见地和丰富阅历。就其结构而言，颇为松散，极力避免陷入矫饰造作的境地。文字则在平易自然中仍不失新鲜活泼。此外，他还常带给读者一些耐人寻味的警句嘉言，以及各种奇特的思考方式。

仅就风格而言，《哥伦比亚的倒影》中上、下两辑，迥异不同。上辑的文章寓意深长，蕴涵丰厚的中外文化背景知识，知性强烈，最能体现作者的散文风格。下辑的文章写旧时上海的吃、穿、住以及三教九流、形形色色，文字亦庄亦谐，机智幽默，笔墨酣畅，神完气足。木心先生自己也有过一段夫子自道："诗甜，散文酸，小说苦，评论辣，我以咸为之，调以其他多味而成为我的散文，即：我写散文是把诗、小说、评论融合在一起写。"《哥伦比亚的倒影》不妨看作是解读这段话的文本。他希望自己的作品像钻石一样，有多个切面，切面越多钻石的光芒越强，而不是像金字塔一样，只有一个尖顶。我认为，木心先生是做到了这一点。当木心的作品涌入大陆，读惯了常态散文的大陆读者，对他的散文在结构、语言上使用的现代主义的艺术手法，颇有陌生感，但同时耳目也为之一新。阅读木心的作品，正如陈丹青所说，我们不仅要改变沿袭已久的阅读习惯，而且要有必要的知识储备。

读者喜爱木心的原因，除了前面说的之外，还有重要的一点：木心是一个久离故乡且远离故土的浪子，长时间处于肉体与心灵的双重漂泊和流离之中。他对人格的追求和坚守，对东西方文化的领悟与批判，都坦白地、清晰地呈现在他的散文之中，既人情练达又赤子情怀。读者在木心的文字里看到的是一颗赤裸的、真率的心，几乎无人不为之所动。

二、语言文字

木心先生的文字，并不像某些论者所言，"多文言，多僻字，行文古奥"。它给我的感觉却是：优雅而从容，洗练而丰满，平易自然而不失新鲜活泼。此外，在阅读中还不时会遇到闪现着智慧光彩的警句箴言。请读《论美貌》开头的几个小段：

> 美貌是一种表情。
>
> 别的表情等待反应，例如悲哀等待怜悯，威严等待慑服，滑稽等待嬉笑。唯美貌无为，无目的，使人没有特定的反应义务的挂念，就不由自主地被吸引，其实是被感动。
>
> 其实美貌这个表情的意思，就是爱。
>
> 这个意思既蕴藉又坦率地随时呈现出来。
>
> 拥有美貌的人并没有这个意思，而美貌是这个意思。
>
> 当美貌者摒拒别人的爱时，其美貌却仍是这个意思：爱——所以美貌者难于摒拒别人的爱。往往遭殃。

这些句子不但蕴含着哲学的理念，而且能启发读者跟着他进行奇特的另类思考。可以说，木心先生的文字使承载着国学底蕴的中国汉字在纸上熠熠生辉，所以他下笔简约，而含义丰富。

上海作家陈村说他自己读到木心的《上海赋》时，感到"如遭雷击"，于是他写文章宣告说："不告诉读书人木心先生的消息，是我的冷血，是对美好中文的亵渎。"他呼吁："企图中文写作的人，早点读到木心，会对自己有个度量。"因为"木心是中文写作的标高。"作家可能有所夸张，但他深刻的感受却是真心实意的。

我读木心这个集子的时候，虽然没有"如遭雷击"的感觉，但当我读到《哥伦比亚的倒影》一文时，我真的震惊了。一篇八千八百多字的长篇散文，竟然只有一个段落，而且是一逗到底，只有最后一个句号。在这密密麻麻的文字当中，我们看到了问号、引号、省略号、破折号和数以百计的逗号，就是没有一个句号。有人说，这篇文章（下一篇《明天不散步了》也是如此）中的逗号犹如一条缠来绕去的线，将几千个汉字或长或短地连缀起来，针脚之密让人想起慈母手中线，想起"千层底"的老布鞋，想起"纳"这个在现代城市话语中业已消失的古老动词。还有人说，这有点像仿造的古董，譬如仿定窑的瓷器上绘了一座摩天大楼，使人感到周身不快。

对"洋粹"了如指掌的木心先生，不会不知道，在英语写作中"一逗到底"是绝对不行的。在孩子们开始练习写作时，老师就叮嘱他们，一定不要写那种"run-on sentence"（流水句，用逗号连接的句子）。现代中文写作又何尝不是如此。但这是木心的语言和文字。

还有那篇《童年随之而去》，它像一幅淡淡的水墨画，氤氲着江南水乡的灵秀和气韵。童年的"我"随家人到山上去做佛事，一切完成以后，该回家了，下山时，我突然想起忘了带老法师特意赠我的那只名窑的小盏，小盏青蓝得十分可爱，盛来的饭似乎变得可口了。我耍起小孩子脾气，不肯上船。母亲只好派船夫再上山去取。结果小盏是取回来了，但被我失手落入江中。我无法向母亲和那个船夫交代。母亲倒是宽慰道："有人会捞得的，……不要想了，……这种事以后多着呢。"浮余的是那只小盏，随之而去的是我的童年。

木心的一些文章，就像是与朋友对谈，总喜欢玩些禅机，话不说尽，意不言明，留有想象的空间。好文章如美酒，经得起一口口地抿咂；好文章如香茗，经得起慢慢地品味。木心的文章，如酒如茶。

三、意识流

意识流文学是现代主义文学的重要分支，其理论认为：人的感觉、记忆、幻觉、联想等汇成一股纷繁复杂又飘忽不定的意识在人的头脑里持续不断地流动着；这一持续不断地流动着的意识超越了客观的"空间时间"而成为人内心的"心理时间"，只有这个"心理时间"才是人们心灵深处的"客观真实"。意识流文学的主要成就局限在小说领域，在戏剧、诗歌中也有表现，却一直未见有意识流散文问世。而木心的《哥伦比亚的倒影》和《明天不散步了》两文，恰恰都是意识流的散文。在中外文学史上，用意识流手法创作散文，应该是木心先生的一个重大创举。

这篇《哥伦比亚的倒影》因采用了意识流手法，用词讲究，语义丰沛，行文简洁，快节奏，许多意思都是点到即是，而不作任何展开，给读者留有宽裕的想象和再思考再创作的余地；短句多于长句，时有饱满的哲理性警句冒出来而引起读者久久的心理共鸣；比喻奇特隐晦到了简直不可解读的程度。

> 春日午后，睡着了又醒来了，想起可以喝咖啡，喝罢咖啡，想起早上只刷了牙，没有洗澡，洗完澡对镜，髭须又该刮了，……靴子呢，靴子已经走回去缩在许多拖鞋、运动鞋中间，高统子奔倒了（九角钱也没人买），但是，亲爱的，我买了回去，不穿，不陈列，岂非成了一种出于怜悯的收容，……我木立在讲坛上不知下一个动作该如何，薄明的大厅阒无人影，及地的长窗外是海蓝的天，大厅的底壁上安装着威尼斯出品的椭圆巨镜，黑的讲坛竟是对镜而设，我站着，只见上半身，……那时，很长很长的年代，政变，战乱，天灾，时疫，不断发生，谣言，凶杀，监狱，断头台，孤儿院，豺狼成性的流寇，跳蚤似的小偷，骗子巧舌如百灵鸟，放高利贷的都是洞里蛇，恶棍洋洋得意，……

够了，不必再引用了。在阅读中我们应该跟上木心先生的思路，就像你要和他散步聊天，你必须跟上他的脚步，不然你被远远地甩在后面，是听不见他在说什么的。木心先生对汉字保持着足够的敬意，并用自己的创作增添了我们对汉字的敬意，他有非凡的禀赋并在做非凡的努力。

如果说意识流小说描绘的是作品中的人物的意识的流动，所展示的是作品人物的"内心真实"的话；那么，意识流散文描绘的即是作者自己在某时某地某个特定的情景之下的一段流动着的意识，所展示的也应该就是作者自己此时此刻的"内心真实"。

四、精致翔实

《上海赋》是《哥伦比亚的倒影》中最能够显示木心先生鲜明的语言特色的篇章。作者本来计划写九章，但完成了六章，分别是："从前的从前"（写从古代到近现代上海历史的变迁）、"繁华巅峰期"（写上海的畸形繁华）、"弄堂风光"（写上海市民典型的弄堂生活）、"亭子间才情"（写上海市民典型的阁楼生活）、"吃出名堂来"（写上海人的饮食）、"只认衣衫不认人"（写上海人的衣着打扮）。

散文和小说一样，最能动人处在于细节的生动，人情物态往往赖此传神。木心深知旧日上海的生活百态，并且亲身濡染，故而能掇拾其中的典型，予以鲜活的表现。例如，写上海人享乐的生活态度在细节上就极其精致：

> 上海人的嘴，馋而且刁，即使落得住亭子间，……半夜里睡也睡了，还会掀被下床，披件大衣趿着拖鞋上街吃点心，非到出名的那家不可，宁愿多走路，斯文一些的是带了器皿去买回来，兢兢业业爬上楼梯，尔后，碗匙铿然，耸肩伏在苹果绿的灯罩下的小玻璃台板上，仔仔细细咀嚼品味，隔壁的婴儿厉声夜啼，搓麻将的洗牌声风横雨斜，晒台角的鸡棚不安了一阵又告静却。

木心对旧上海的描写，不但细节精致，而且素材丰富，陈述翔实。在《吃出名堂来》一章，作者不避"海人饕餮"之嫌，罗列了上海人日常早餐的小吃，林林总总几十种，光听一听，就足以令你垂涎三尺：

> 从前的上海人大半不用早餐（中午才起床），小半都在外面吃或买回去吃。平民标准国食："大饼油条加豆浆"生化开来，未免太有"赋"体的特色，而且涉嫌诲人饕餮——粢饭、生煎包子、蟹壳

黄、麻球、锅贴、擂沙圆、桂花酒酿圆子、羌饼、葱油饼、麦芽塌饼、双酿团、刺毛肉团、瓜叶青团、四色甜咸汤团、油豆腐线粉、百叶包线粉、肉嵌油面筋线粉、牛肉汤、牛百叶汤、原汁肉骨头鸡鸭血汤、大馄饨、小馄饨、油煎馄饨、麻辣冷馄饨、汤面、炒面、拌面、凉面、过桥排骨面、火肉粽、豆沙粽、赤豆粽、百果糕、条头糕、水晶糕、黄松糕、胡桃糕、粢饭糕、扁豆糕、绿豆糕、重阳糕、或炸或炒或汤沃的水磨年糕，还有象形的梅花、定胜、马桶、如意、腰子等糕，还有寿桃、元宝，以及老虎脚爪……

作者整整罗列了五十种小吃，其精致和翔实会让那些"老上海"也感汗颜。木心不是上海人，但他笔下的上海真是"比上海还上海"。张爱玲的上海，王安忆的上海，王家卫的上海，还有其他什么人的上海，都被他甩在后面了，在"赋"的传统业已式微的今天，怎不令人刮目相看。

读木心先生的文字，真有恍若隔世之感。木心曾说，19世纪的马车"是梦一样的豪华优雅。"我想借用它来描述我读木心先生《哥伦比亚的倒影》的感受：梦幻、豪华、优雅。

6. 饱含真情讲述文坛旧事

——冯骥才的《凌汛》

　　冯骥才的新书《凌汛》是一部回忆录，讲述作者应人民文学出版社之邀，1977年夏至1979年冬住在北京朝内大街166号，修改长篇小说《义和拳》的一段往事。在此期间，他完成了长篇小说《神灯》、中篇小说《铺花的歧路》和《啊！》、发表著名短篇小说《雕花烟斗》、置身伤痕文学大潮、在人文社中篇小说座谈会上慷慨陈词、参加第四届文代会等等。这是作者"最有激情的一次写作"。书中有密集的文坛往事，精彩的细节描写；所涉及有名有姓的人物近百，展示了"文化大革命"结束后，破冰期的文坛风貌。正如书名，那个年代，犹如江河早春的凌汛，带着一泻千里的盎然春意，猛烈地扑向人间。

　　凌汛期的文坛，乍寒乍暖，更有倒春寒的阴冷。冯骥才体味到的阴冷，是他写出《铺花的歧路》时。有一天，作者与几个文友在沙滩的一个小馆里聚会，酒喝得多了，都有些冲动。写过《将军，你不能这样做》的诗

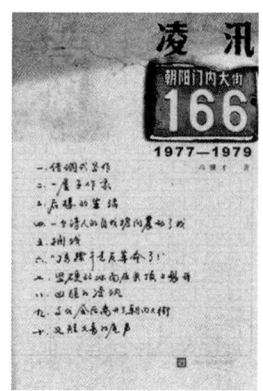

《凌汛》书影

人叶文福突然哭起来，而且越哭越厉害。他说他在"文化大革命"初期当红卫兵时，打了自己的老师，而且打得很狠。他对不起老师，追悔莫及，他恨自己，恨透了自己。他猛然大声说："我要自杀！"这可怕的声音是从他肺腑发出来的。他红着眼对作者说："大冯，你要绝对相信我——我对革命是赤城的，就因为赤城，我打得才特别狠！"受叶文福这种自我灵魂拷问的触动，冯骥才脑子里浮现一个类似的故事，很快写出后来定名《铺花的歧路》的小说。写的是"文化大革命"初期，一位怀着"阶级仇恨"和造反激情的女红卫兵，批斗中和她的"战友们"打死一位女教师，事后她一边确信自己做得没错，一边总被一种罪恶感隐隐缠绕着。后来插队时，她相爱的人正是那女教师的儿子。她所爱的人的丧母之痛唤起自己的人性、良知与自责，最后她在极度痛楚中自杀了。小说交给人文社，审查意见难以出炉，事情的复杂导致流言四起，"冯骥才的稿子出问题了，完了，冯骥才是反革命了！"直到人文社专门召开"中长篇小说作者座谈会"，解决思想的争端，这时，他才感到罩在头顶上那坚硬的冰层出现了碎裂。之后，这篇小说先刊发于1979年第2期的《收获》，同年人文社出版单行本。事后，作者深有感触地说："过去我一直在文坛之外，头一次感受到文坛的存在及其难测的深浅，幸好我是在这样一个雪解冰消的时代闯进文坛的，如果在60年代，恐怕就一头栽入深渊，万箭中身了。"

　　1977年至1979年，"文化大革命"虽然结束了，阴影犹存。作为作家，冯骥才通过对身边生活场面的细致观察，控诉和批判"文化大革命"对人类心灵的戕害。《凌汛》中写了作家张贤亮的一个细节：一次到北京参加谌容家的一个小聚会，在这个聚会上，他认识了张贤亮。张贤亮为了一首小诗《大风歌》，在"文化大革命"前的25年里，5次被投入监狱，出来后不习惯坐着。那天见到他时，他靠墙蹲在地上抽烟。大家都笑他在牢里蹲惯了，"恶习"难改。在这个看似轻松的文字里，读来让人心酸地流出眼泪。在那个人妖颠倒的年代，有多少肉体受到折磨，有多少尊严受到逼迫，有多少精神受到摧残？

北京朝内大街166号，一般的读者可能是陌生的，但那里出出进进的都是作家，有些人我们应该熟悉，他们的作品曾经滋养了几代人。冯骥才还用饱含真情的文字，描写了常年工作在这个院子里，专为他人做嫁衣的韦君宜、严文井等人，他由衷地佩服他们在拨乱反正时期的思想坚守和品格。人文社总编辑韦君宜，一位矮小、瘦弱、不起眼、五十多岁的女人，就是她决定冯骥才小说的生与死。她低调、不苟言笑、却耿直善良；在楼里偶尔会碰见她，最多点点头便走过，很少说话，但她在稿子上，用蓝、黑、红三种颜色的笔与作者"说话"。她是终审，终审通常看一遍，可从中"看出她对我严格的要求与刻意的帮助"。冯骥才满心感激地说。社长严文井是个温和又持重的人。一次冯骥才他们去外交部打球，把外交部赢了。严文井知道后很高兴，说给人文社争了光，奖励一人一套运动装，背心上白底红字印上"人民文学出版社"，穿出去很像回事儿。

冯骥才不愧为大家，在4万多字的《凌汛》中，有他自己的见解和感受，有诸多文坛人物的思想和品质，以及作家对文学的思考和实践，还有"大冯"特有的人文情感与意蕴深长的语言。《凌汛》值得一读。

7. 老书信中的文人旧事

　　——龚明德的《旧日笺》

　　龚明德先生被人们称作"中国现代文学研究界的福尔摩斯"，读过他的《〈太阳照在桑干河上〉修改笺评》《新文学散札》《昨日书香》，或者《文事谈旧》《书生清趣》《有些事，要弄清楚》的人，不会对此提出异议。他一手拿着放大镜，一手拿着手术刀，在旧书堆旧字纸中仔细地扒梳。那些有意无意流传的讹误、那些被歪曲的史实，一旦被他发现，他就要"弄清楚"，还历史以真相。刀锋过处，脓血迸出。他从不怕得罪人，唯捍卫历史的真实性为使命。

　　他的新著《旧日笺——民国文人书信考》2013 年12 月中华书局出版。这又是一本考据的书。这次他考据的对象是徐志摩、叶圣陶、梁实秋、茅盾、丁玲、冰心、林语堂、巴金等人的近 40 封老书信。这批书信或字幅，最早的写于 1924 年，距今已经 90 多年，其中有的没有公开发表过，有的虽编入文集，但是对内容、时间、人物解释有误。龚明德先生以他丰厚的文史资料为后盾，对这批民国文人的书信，做了详尽的、系列的梳理、考证和背景介绍，并讲述了围绕着书信所发生的文人旧事，甚或文学事件，使它们重现昔日的光彩。读来不但趣味盎然，而且令人深思。

《叶圣陶函谢施蛰存饷鱼》一文告诉我们，当年25岁的文学青年施蛰存，从江苏松江托人送鲈鱼给上海的叶圣陶、徐调孚和郑振铎，并告知烹饪的方法。叶圣陶吃后感到确实鲜美，于是给施蛰存写去这封信，感谢他馈赠"佳品"。更为难得的是，信中还有一首七言绝句。在这封不足百字的信函中，我们可以看到施蛰存对师友的敬重，还可以看到民国文人的做派、生活情趣，以及他们之间的友谊。《梁实秋恳荐部下书稿》，是讲时任青岛大学外文系主任的梁实秋，两次给中华书局的舒新城写信，推荐部下的书稿，前一信推荐费鉴照的《浪漫运动》，后一信推荐赵少侯的译作《恨世者》，推荐力度一信比一信大。虽然都没有成功，但我们读了这两封信后，深切地感到：被鲁迅骂作"资本家的乏走狗"、在大陆一直背负恶名的梁实秋，其实是一个体恤部下、扶持后学，可敬又可爱的人。

仅仅30多年的中国现代文学史上人物繁多，问题无穷无尽，对这些问题进行扒梳既有意义，又有意思。书信是一种私密性的写作，从文人书信中梳理出人事、文事甚至情事，说起来简单，其实很复杂。这种研究是为文学史料做奠基工作，在为文学史提供大量细节的同时，又客观上扩展了文学的丰富性。《徐志摩"丧中"致梁实秋》中，信的开头第一句说："前天禹九来，知道你又过上海，并且带来青岛的艳闻，我在丧中听了也不禁展颜。"是什么"艳闻"，令居母丧中的徐志摩听了展颜呢？这既涉及人际关系，又涉及文学作品，而且也是读者感兴趣的。作者就此进行了仔细地梳理："艳闻"有两桩，"一是有情人终于成了眷属，虽然结果不太圆满；一是古井生波而能及时罢手，没有演成悲剧"。前一桩指青岛大学副校长赵太侔，与话剧演员俞珊结了婚，可惜又离婚了。后一桩是指闻一多与方令孺越轨的感情作为，当时两人都有家庭，一则因为方令孺的冷静，再则因为闻一多身怀六甲的妻子来到青岛，使"艳闻"没有演变成悲剧。人们说，爱情造就诗人，那么本身就是诗人呢，自然是爱情造出更多、更好的诗。龚明德先生认为，闻与方的这桩"艳闻"是"文学事件"，因为它直接催生了一组文学作品。闻一多的那首编入大学文科教材的《奇迹》，其实就是他与方令孺这场短命恋情的诗意描写，由于长期以来本事被淹没，教师讲不明白，学生读不懂。现在龚明德先生把这个事件，摆弄得清清楚楚了，大学的教师们，就不会再乱说一气，不得要领了，其功莫大焉。

龚明德先生做学问的严谨与执著有口皆碑，坚持有几分证据，说几分话。在《旧日笺》中，让我们再一次感受到他的这种治学的精神。例如，在《丁玲函复黄萍荪约稿》一文中，他说："丁玲信中的《驼铃》，一直没有印品实物的发现。是一本杂志，还是报纸的副刊？都不知道。黄萍荪晚年的回忆谈及丁玲时的文字也未涉及《驼铃》。如果真有一个文学刊物叫《驼铃》，由黄萍荪任编者，依照丁玲此信的内容，它也只会在杭州出版，希望有找到这份《驼铃》的机会。"从文中看，作者是倾向认为《驼铃》是一份文学刊物。已经有读者为此提供佐证，宫立在今年（2014年）《中华读书报》5月28日发表的《清通朴实的〈旧日笺〉》一文中提到，在《草

作者与龚明德教授（左）在上海第 10 届巴金研讨会上

野》1930年第二卷第十三期上"文坛小消息"栏中，有"喏夫"写的一则关于《驼铃》的消息，"《驼铃》系杭州唯一的文艺刊，由王品生主编，撰稿者有当代文艺家许钦文、钟敬文诸氏"。依此看来，龚明德的推断是正确的，《驼铃》是一本刊物，是在杭州出版的，黄萍荪是编者。龚明德先生的这篇文章，已经引起人们的注意，那份《驼铃》的浮出水面，指日可待。

读龚明德的这本《旧书笺》，开阔了眼界，增长了见识，像他所有的这类著作一样，可以作为"另类"文学史来读。阅读中还学到了他的治学态度和方法，可谓获益匪浅。

最后，也愿指出在阅读过程中发现的两个小小的差错：第10页是张元济先生的一封信，张元济先生（1867—1959），字筱斋，号菊生。文中两次提到却是"张菊先生"；第204页上，讲到英国小说家勃朗特的小说《呼啸山庄》，但到下一页，再次提到时，错为《咆哮山庄》，这些自然是"指民"之误。

8. 游戏与人生

—— 曾纪鑫的《深度游戏》

读完曾纪鑫的长篇小说《深度游戏》，我第一次知道"下海"到底是怎么一回事，它的真正意味是什么。从小说中，看到从岸上跳到"海里"的人，所经历的种种苦难与心酸、挫折与失败、挣扎与无奈。

《深度游戏》的情节并不复杂，结构也清晰可循，但它的思想蕴含极其丰富。小说主人公金海是一位爱好文学的小学教师，受到改革开放商业大潮的冲击和影响，感到学校生活枯燥乏味，决心抛弃这块"鸡肋"，下海经商。在曾哥（小说中的"我"）的帮助下，借了朋友的高利贷，经营起游戏室。一年的商海弄潮，他经历了种种坎坷：初恋情人与他分道扬镳，新买的游戏机不能启动，因为政策要搬迁寻找挂靠单位，押马机屡屡输钱，遭人报复派出所受难，改造游戏机失败，受到游乐场经理的讹诈……小说向读者展现了 20 世纪 90 年代中期城市年轻人的苦闷与彷徨、挣扎与无奈、追求与宿命等多重复杂的生命情境，并在文学与经商、自由与束缚、游戏与生命的轻与重，存在的价值与虚无等方面进行了富有意义的探讨，表达了作者对文学、人生、社会、历史乃至人类文明的认识。

《深度游戏》这部小说，不仅在文学艺术成就、思想深度，更在哲学和人性上，都有新的探索。

一、丝丝入扣的结构

小说结构是小说作品的形式要素，它指小说各部分之间的内部组织构造和外在表现形态。结构一部小说的过程，就是小说家根据自己对生活的认识，按照塑造形象和表现主题的要求，运用各种艺术表现手法，把一系列生活材料、人物、事件，分别轻重和主次，合理而匀称地加以组织和安排的过程，其中包括了情节的处理、人物的配备、环境的安排以及整体的布局等等。

《深度游戏》是以改革开放中的南方城市——江城为背景，时间的跨度并不长，仅一年时间。小说的开头，是"我"帮助金海向蒋佑坤借为期一年的高利贷；小说结尾时，金海要扩大经营业务，增加水果机，到期未能还债，再续借一年。小说基本上是线状结构，所谓"线状结构"，就是小说的各个情节组成部分，按时间的自然顺序、事件的因果关系顺序连接起来，呈线状延展，由始而终，由头至尾，由开端到结局，一步步向前发展。虽然有时倒叙、插叙和补叙，但并不改变整个情节的线式格局。这种结构清晰可循，引人入胜。《深度游戏》这部小说共有 39 个章节，几乎每一章节都有一个故事或情节，这些故事一环套一环，扣人心弦，使你拿起来就不忍放下。根据整体的需要，小说中间巧妙地安排倒叙或插叙。例如描写金海在商海苦苦挣扎的同时，插叙了汪汝义与白丹丹的故事。汪汝义是政府工作人员，刚提拔为某科室科长。他的婚姻不美满，娶了一个自己并不喜欢的"黄脸婆"，在老婆身上，他享受不到真正的"性"福生活，感到性苦闷和性压抑。在金海庆祝"乐乐游戏室"开业的酒席上，他见到了虽然没有什么气质，但水灵灵漂亮可爱的金海雇员白丹丹。从此，汪汝义就以为白丹丹介绍好工作为由头，拼命地纠缠她，虽然得手了一次，但险些惹下大麻烦。另外，还插入了乡村民办教师萧丁来江城跑转正的故事。萧丁是乡下的民办老师，金海的老乡、同学、朋友，也是一个文学青年。这次民办教师转公办教师，如果跟别人一样参加考试，萧丁因数学成绩差，可能就没有希望，但他参加过一个大专中文函授班的学习，拿到了毕业证书，成了这次民转公的免试对象。按说应该是一帆风顺的，但他把那个大专函授毕业证弄丢了。学校其他老师妒忌他，校长也不给开证明，急得他头发快白了。这次进城，他找到金海在市教委当副科长的同学，事情办得意外地顺利。金海的那个同学说，文凭丢了不要紧，到进修学校复印一份学籍档案和毕业生花名册就可以。于是，他天大的问题一下子就解决了。小说插叙的这两个小故事，在当时，甚至当下，不仅具有真实性，而且具有普遍性。

除了插叙的故事，小说还有倒叙和补叙的故事。无论使用哪种手法，这些故事都与小说主题紧紧相扣，是为小说主题服务的。它们在叙事上紧凑，运用的地方恰到好处，没有一点节外生枝或者添油加醋的松散脱节感。当然这需要作家的大手笔，才能游刃有余地驾驭这些写作技巧。

二、丰富多彩的人物

小说离不开人物，人物是小说的核心，人物是推动小说情节发展的主体。有生命力的人物形象，加上精彩的故事、引人入胜的情节、丰富的文化内涵，是一部优秀小说不可或缺的内容。在今天这样一个经济文化转变剧烈的时代，作家应该对现实生活进行提炼和深化。小说中的人物应该在文学叙事展开过程中，充分体现文学、美学和艺术感性的力量，实现时代所赋予作家的使命感的精神诉求。

小说《深度游戏》以第一人称叙事，一共塑造了几十个人物。主要人物是金海，他是那个时代的产物，脱离那个时代的社会和经济，就不会有金海这样的人物。他看到改革开放带来的巨大变化，不安于现状，怀着提高自己的经济地位、获得更多的物质享受、追求更美好的生活的目的，要在经济发展的大潮里一试身手，哪怕被海浪冲、被海水呛，也在所不惧。应该说，这是顺应潮流的行为，代表着一股新鲜的力量。金海是一个有文化、有胆识、有道德的青年人，尽管在下海一年的时间里遇到了种种苦难，遭受了种种挫折和打击。这些挫折和打击有经济上的、感情上的、精神上的和肉体上的，但最后他胜利了，他没有被打倒，没有被迫从海里爬上岸，而是在海里游得越来越顺畅——他的"乐乐游戏室"的业务扩大了，增加了最新型的水果游戏机，而且还收获了一个小生命，他的妻子林巧巧为他生了一个儿子。

小说中的另一个人物"我"——曾哥，也是一个重要人物。在整个小说的情节发展过程中，"曾哥"无处不在，金海身上发生的几乎所有故事都与"我"紧密相关。"我"坚决支持金海下海经商，并在关键时刻给金海出主意、提建议、想办法，帮助他跨越商海中的惊涛骇浪。

曾哥是《七彩虹》杂志的编辑，这是一份体面而受人尊敬的工作。那个要转正的乡村教师萧丁的理想就是到《七彩虹》当个编辑。曾哥是体制内的人，但他没有体制内普遍存在的那种优越感，也没有高人一等、自以为是、瞧不起人的坏作风。曾哥为人热情仗义，由于工作的关系，他结交了许多各行各业、各种年龄段的文学爱好者和业余作者，并热情、认真地扶持他们，所以他人缘好，人脉广。曾哥对生活在同一城市的金海更是有求必应，帮助他向蒋佑坤借钱，陪他去武汉购买游戏机，参加他的开业典礼，让他的游戏室挂靠在《七彩虹》编辑部，等等等等。可以说，金海的事业从起步到发展，都凝聚着曾哥的汗水和心血。

除了这两个人物外，小说里还描写了政府官员、游乐场经理、派出所警察、小学教师、开游戏室的老板、个体户、下岗工人、黑社会老大……虽然作者对这些人物的着墨有轻有重，他们在小说中出现的次数有多有少，但个个都有声有色、栩栩如生，都是立体丰满、有血有肉的形象。

谢逸是小说中的三个女性之一，她是金海的初恋情人，他们因文学而相识，一直真心实意地相爱着，关系非同一般。但在金海下海经商的问题上发生了分歧，谢逸希望金海继续当小学教师，守望文学园地，坚持写作，完成他的中国的《百年孤独》。但金海已经下定决心，绝不回头，最后，他们分道扬镳。事后，谢逸一直期盼金海能回心转意，但最终希望落空。出于报复，在金海结婚的同一天，她嫁给了一个腰缠万贯的个体户。当金海的妻子林巧巧到医院生产时，金海与在同一医院保胎的谢逸不期而遇。金海虽然到谢逸的病房看望了她，但那已经没有任何意义。作者是抱着同情的态度描写谢逸的，从金海与谢逸的故事，透视了在经济大潮冲击下，恋爱、婚姻以及家庭伦理出现的变化。

白丹丹的男友罗宝是个下岗工人，没有文化，粗俗。他很爱白丹丹，但又没有条件和她结婚，每次与白丹丹亲热，宁愿在感觉上大打折扣，也不敢大意。当他发现白丹丹怀孕后，他怀疑孩子不是自己的，于是暴怒地殴打白丹丹，但又没有任何把柄。于是就跟踪、盯梢，终于亲眼看到白丹丹与汪汝义在舞厅接吻。他把这看作一次发财的机会，到汪汝义单位找他讹诈三万元，当然最终没有得逞。这些人物都是真实的，这些情节也是可信的，这类事情在那个特定的年代并不鲜见，今天不也有拿自己的妻女作诱饵，讹诈钱财的吗？

三、优美生动的语言

文学作品是内容和形式的统一，形式的优劣好坏影响着内容的表达和艺术感染力的高低强弱。考察作家对作品是否具有独创性，是否达到完美的程度，重要的手段就是考察作品的语言。小说是通过人物塑造和情节环境的描述，来表现社会生活矛盾的文学载体，一位优秀的作家必须用不同的词汇，恰到好处地描写不同的人物、不同的事件，使诸多人物的音容笑貌、性格特点栩栩如生地展示在读者面前。

《深度游戏》的作者，在人物语言上下了很大的功夫，对不同背景、不同性格的人，使用不同的语言，丰富而准确，丰满而生动，绝不是千人一面、千篇一律、干瘪死板。

蒋佑坤是工厂的工会干部，年近六十，已经内退。他独自一人生活，积攒下一笔钱放高利贷。他是曾哥和金海的熟人，但当曾哥陪金海找他借钱时，他一点都不通融，照旧是 25% 的利息。金海向他借了两万元，当

作者与曾纪鑫（左）在天津

时就扣下五千元的利息，拿到手的只有一万五千元。这是一个不讨人喜欢只认钱不认人的主儿。但他又是一个执著的业余作者，多少年来，始终坚持创作——写舞台剧本，他写出的剧本不但没有演出过，也没有发表过。当问他"你写了这么多剧本，可一个都没被采用，还有什么写头"时，蒋佑坤讲出了一番富有哲理的话："并不是剧本采用了我就有劲头继续写，而是因为我需要写作。你知道吗，写作，已成为我生命中一种不可缺少的需求！"继续问他："你劳而无功，不是虚掷生命么，人生的价值与意义如何体现？"他淡淡一笑道："写作是我人生的一种追求，我以为生命的价值不用到别处去寻找，而就在生命本身，在于生命的过程之中。"

不为名所困，不为利所囿，谁说不是一种令人向往的人生呢？这种独特而深刻的见解，使我们对蒋佑坤油然生出一种敬意。作者用不长的一段文字，用精准的语言，为我们勾勒出一个具有多重品质和性格的人物。

《深度游戏》既用了叙述性的语言，也用了描写性的语言，生动细腻、富有情感。例如，小说多次对江城"大排档"和街道、对夜晚沿江大道和防护林的描写，都非常生动，极富诗情画意。

小说中，金海与曾哥对于游戏的起源、功能，以及游戏与文化、游戏与人生的讨论。特别是小说结尾时，金海、蒋佑坤和曾哥再次讨论起"人生"这个大题目。

最后，金海说："你（指蒋佑坤）说生命的意义不在于别的，就在于生命本身，在于生命那展开的过程之中。所以，我现在既不患得，也不患失，只要很好地生活过，奋斗过，追求过，这就够了。至于得到了什么，又失去了什么，我觉得就像一场游戏，倒是一件无所谓的事情。"这种探讨与描写，使小说具有了哲学的品格。

9. 浮生未歇，茶语清香

——方八另的《寻茶中国》

　　我的喝茶历史并不长，也没有什么讲究，更没有什么考究的茶具。唯有一把小茶壶，敝帚自珍。当初购买时，卖家说是正宗宜兴紫砂壶，我并不识货，我看中的是壶盖上的那四个字：明、目、清、心。这四个字围绕着盖纽排列，成为一个圆形，初看平淡无奇，细细品味，便会发现其中的奥妙，不论从哪一个字开始读，也不论顺读、倒读，语义都完整有意义：清心明目，心明目清，明目清心，目清心明，清目明心，目明心清，明心清目，心清目明。这是一个"回文"句，可见制作这个茶壶工匠的聪明才智。这大概也是一种茶文化吧。

　　作为饮茶人，我的茶和茶文化的知识，少得可怜。只知道茶的历史与我们的文明史几乎是同步的。《神农本草经》记载："神农尝百草，一日而遇七十毒，得茶以解之。"可见，我们的祖先对茶这种植物，早就有所认识，并用它来解毒。另外，我还知道，经过魏晋南北朝时期文人、僧侣的推动，再到盛唐时期频繁的中西交流，社会生活中茶事得以空前的发展，既偶然又必然地，诞生了陆羽和他的光辉著作《茶经》。把饮茶这一生活品类，提升到非常雅致、非常考究、非常专业的程度。

《寻茶中国》书影

当朋友方八另给我寄来他最新的著作《寻茶中国》（华中科技大学出版社 2017 年 5 月出版）时，我喜出望外。我期望阅读了这本书，可以获得关于茶和茶文化全面而系统的知识。《寻茶中国》满足了我的这个愿望。

作者方八另出生于茶叶世家，从小深受家庭的熏陶，对茶叶有浓厚的兴趣，闲暇之时，品茶访茶。从2006 年开始，到甘肃、四川、重庆、贵州、云南等十几个省市寻访茶叶，了解各地名茶的种植、采摘、制作、销售等等，并记录了当地茶叶的历史、以及与茶有关的文化、人文故事，呈现独特的茶叶之美。这本《寻茶中国》就是他十年艰辛的结晶。

《寻茶中国》详细讲述了湖南衡山云雾茶、贵州乌蒙烤茶、浙江临安天目茶、江苏南京雨花茶、广东潮州功夫茶、罗布泊的麻茶等全国九个省，以及西北地区的几十种茶叶。作者以他的所见所闻，除了讲述这些茶叶的种植、采摘、制作的情况外，特别讲述了这些茶叶所蕴含的文化意义。在作者的笔下，茶叶不再仅仅是供人享受的饮品，它被作者赋予了灵动的生命，像普洱、黑茶等这些饼茶中所负载的浓浓的盛唐风韵，像长江流域的绿茶、福建乌龙茶等，饮之则微风拂面、香气满怀，文徵明、唐寅、徐渭等人，正是在这些茶香的浸染下，才形成了明代特有的名士风度和性灵生活。

请看作者对湖南沅陵碣滩茶的描写："沅陵碣滩茶形似雀舌，条索匀紧，锋苗显露，银毫隐芬；始沏旗枪初展，叶游杯中，三起三落，参差沉浮；随后亭亭玉立，如鱼似虾，静影沉璧；汤色黄绿明亮，鲜爽回甘，如泡日月，如饮朝露。"怪不得古人刘禹锡、李白、王昌龄、王阳明都曾啜饮碣滩茶，更引来近代张学良、沈从文、林徽因、黄永玉等品味碣滩茶。

与此并行，茶事衍生出许多许多文人墨客的逸闻轶事。至今在沅陵，人们津津乐道作家沈从文在这里生活的点点滴滴。沅陵是沈从文的第二故乡，他笔下的辰州就是沅陵，那是进入湘西的必经之地。1933年，沈从文出资，请他大哥沈岳霖在沅陵建了芸庐，作为母亲安度晚年和兄弟姊妹集会之所。沅陵频频地出现在他的作品中，如在《边城》《湘西》《湘行散记》中，都可以找到他对沅陵和沅陵人的精彩描写。1937年，沈从文偕

与作家巴陵（左）在株洲

夫人张兆和、孩子龙珠、虎雏返回湘西，就居住在沅陵的芸庐，他们日常生活、会友待客所饮之茶，就是沅陵碣滩茶。《寻茶中国》中，这样有趣的"茶故事"俯拾即是。

据说，"开门七件事，柴米油盐酱醋茶"的说法，起源于宋朝，但我想，那时不过是说说而已；到了清代，茶才真正地带着它的文化基因，从传统文人的"案上山水"来到寻常百姓家。现在，就不用多说了，茶的普及几乎到了"每日不可无君"的程度。对茶与茶文化的研究更是硕果累累，而方八另先生的《寻茶中国》，又为我国茶和茶文化研究的园地，植下一株艳丽的新花。

闲下来时，约二三好友，在书房坐定，每人一杯茶，不求名贵，但求所爱，暂时远离尘嚣，忘掉俗务。一边品茶，一边讲述《寻茶中国》中，那些与茶有关的趣闻轶事和文人掌故，此情此景，不正是人们所追求的"浮生未歇，茶语清香"么。

10. 弥散着浓浓的书香

——任文的《书香夜读》

空气中弥漫的粽叶清香和江米的芬芳，刚刚消散，我打开任文先生的《书香夜读》，又有一种不可名状的书香，扑面而来，令我愉悦。

我与任文先生没有见过面，但在网络的虚拟空间中，已经交往了很长的时间，说一句文词，可谓"神交久矣"。而且我们还是同行，都是"教书先

《书香夜读》书影

生"，舌耕为生，这就拉近了我们感情和思想的距离，有一种天然的亲切感。他还是一位勤奋笔耕的人，我读过不少他发表在报刊和博客上的文章。两个多月前，我从朋友阿滢的博客中，看到《琅嬛文库》第二辑出版的消息，这套丛书中，就有任文的《书香夜读》(山东画报出版社，2014年11月第1版)。不久，任文在我的博客

上留言，要我地址，说给我寄书，我自然非常高兴。上个月，我收到他从陕西洛南寄来的大作《书香夜读》。等我拆开邮包，岂止是高兴，而是大喜过望，因为寄来两本书，一本是普通本，还有一本是漂亮的毛边本。我是一个刚刚入党的"毛边党人"，正在新鲜劲上，收到这份厚礼，喜不自胜。

任文让我写点什么，对他的大作"提出批评指导"。批评指导实不敢当，只能写点自己的读后感。但我当时正为一家出版社翻译一本小说，出版社追得很紧，这是大家都知道的情况：出版社没有收到你的稿子前，死命地追，好像明天就要出版，一旦收到你的稿子，出版的事就会一拖再拖，该轮到你去追它了。我只好据实相告，说要一个月后才能拜读他的大作，写点读后感之类的东西，任文表示理解。所以直到近日才读完这本《书香夜读》。

夜静了，我从客厅走进书房，打开台灯，打开电脑，写下我读《书香夜读》的感受。

《书香夜读》是任文近几年的读书札记和书事日记的结集，共收入长短文章73篇，分为《书林散叶》《书香夜读》《书事闲话》《书友序评》四辑。

第一辑《书林散叶》是11篇与读书有关的散文。现在写散文的人很多，认为散文好写，不要故事，没有情节；天上地下，有灵无灵，事无论巨细，物不分大小，皆可入文；且可长可短，信马由缰，洋洋洒洒几千字也可，字斟句酌、惜墨如金百余字也行。其实这是一种误解。一篇好的散文，无论是抒情，还是状物，都需要立意新颖、构思奇妙、布局精巧、断续有致。任文是位优秀的中学高级教师，长期从事语文教学与研究，他懂得散文的真谛。他的散文植根于深厚的生活土壤，存在于浩瀚的生活海洋。因此，他的散文立意是从生活实际出发，凭着鲜明的感受、锋锐的观察，使文章充满深厚的感情、丰富的想象和深沉的思索。我在阅读中，感受到作者心灵的颤动、思想的闪光。试以《周村的樱花》一文为例，在文章的开头，作者先描写了他的"新的家园"——一个樱花盛开的小院；接着作者没有直接描写樱花，而是间接通过蜜蜂和过路人展示樱花之美："精灵的蜜蜂不甘寂寞，嘤嘤地在小院樱花树上盘旋，那樱花被蜜蜂吻得雪里透红，红得灿烂，红得娇艳。惹得过路人都要青睐她一眼，以至于回头眺望。那清香扑鼻、那花色润眼，给人以精神上的愉悦，心灵的升华。"在接下来的段落中，作者写的是冰心对樱花的理解和感受，周恩来对樱花的印象和感悟。按理说，要写樱花，作者一定对樱花有着精细入微的观察和了解，樱花应该是着墨最多的。但作者偏偏没有这样写，而是写蜜蜂，写过路人对樱花如何如何；写作家，写政治家对樱花如何如何。这使我想起贾平凹就散文写作说过的一句话：

"记住：越是你知道多的地方，越要不写或者写得很少；空白，这正是你要写的地方呢。"作者正是这样构思的。直到文章的最后，作者才用笔轻轻一点，写道："抬起头看那一树晕红的花蕾，淡红的花瓣，粉红的花蕊，清澈透明的一朵两朵……满树灿烂，如云似霞。"古人说：意在笔先，故得举止闲暇，看似胡乱说，骨子里却有分数。这也是散文写作的神妙之处。

任文是一位有很高才气的散文作者，他已经出版了散文集《我的乡村》《迎面吹来乡野的风》《沐浴在阳光里的村庄》，可以看出，他是一个写乡土散文的高手。《书林散叶》中的几篇文章就是明证。这一辑中的另外两篇，《七里香》和《菊花》也是写花的。写花的散文有千千万，任文自有个人的风格。他不但把花写得色彩斑斓，可见可感，可味可闻，而且捕捉住花的灵魂，写出了花触动人心灵的东西，让人眼睛豁然开朗的东西，令人思想突然升华的东西，使人感情更为纯洁的东西。我想他笔下的这种优美的意境，应该是每一位散文写作者努力追求、刻意创造的。

书的第二辑《书香夜读》，是作者的读后感和对朋友作品的评论；第四辑《书友序评》，是朋友们为他的几本作品写的序言，以及评论。全书的重头在第三辑《书事闲话》，这一辑占全书的二分之一。它实际是作者个人读书生活的日记。现在写读书日记的人越来多，任文的读书日记，在形式上的不同之处，是主题集中，并加了题目。除了第一篇《耕堂劫后十种》写于2012年7月5日之外，其余部分是从2013年2月28日到2013年9月15日，7个半月的读书日记。任文的这些日记，每一篇都弥散着浓浓的书香。作者平日有繁忙的公务，在日记中有不少"听课""指导""检查"的记载，但他坚持每日读书，写读书日记。从中可以感受到作者阅读之丰富，思考之勤勉。里面有充满真挚友谊和书话情趣的书友交往，也有点点滴滴、芳香馥郁的书事往来。它们都那样真切、那样自然，是不加修饰的原生态纪录。仅举几例，就能略见一斑。

（2013-3-1）吃过晚饭，我默默进入书房，静静地独自欣闻书香。夜深深，拆开邮件，装帧素雅的《悦读散记》，扉页上有夏先生的题词"书香致远"，并钤有"开卷有乐"的图章。精美的小三十二开本《梧桐影》，扉页上有夏先生书写的出自丰子恺一幅漫画的题词："今夜故人来不来，教人立尽梧桐影。"刊名"梧桐影"源于此也。手捧书刊，那种浸淫书香的感受，只有书友才得知其味了。

（2013-5-30）收到省电视台文艺部冯福宽先生挂号寄来的《家山迷茫》一书，刘成章著，太白文艺出版社二〇一三年三月第一版第一次印刷。读中学时，就爱上了刘成章的《安塞腰鼓》，那雄浑的黄土高原，那气势磅礴的安塞腰鼓，让人神往。

（2013-7-24）夜读徐明祥《潜庐读书记》序言和跋，选读第一辑《齐鲁风骚》。读毛边书，一页读完，轻轻用裁纸刀划过，那种声音很轻微，有意趣。

正如书名所示，任文的读书生活是在夜间，就是夜读。古人有云：雪夜闭门读禁书，人生第一乐趣。又云：红袖添香夜读书。任文写读书日记的那几个月，不是飘雪的季节，书中更没有"红袖"的记载。但我知道，任文的夜读生活，是欢快的，是愉悦的，是幸福的。当夜色深沉，虽然街市如舞女的裙衣，依然骚动，不远处还有不时传来的麻将的碰

（左起）陈子善、作者、任文、章海宁游览张掖丹霞地貌

撞声和荒腔野调的歌声，但这些已不能进入作者的耳朵——他正在夜读。他已被所读的那些文字深深地吸引住了。他把夜读当作增加给养的过程，更当作清洗自己的过程，仿佛只有经过文字的洗涤，他才有信心和勇气迎接明晨的朝阳。

"江天一色无纤尘，皎皎空中孤月轮"。芳香的文字是一个庞大无边的私家后花园，里面开满馥郁的鲜花，长满婆娑的嘉木，有虫鸣唧唧，水流丁冬。这样的夜晚，作者捧书在手，如同踱步花园，心境澄澈而明亮。任文必然感到，他自己就是这个精神国土里的君主。

这是任文夜读的感受，也是我读任文《书香夜读》的感受。

11. 星光灿烂月华明

——李汝保的《星罗棋布》

  人们常说：会场是交朋友的好地方。此言不虚。去年的十一月份，我应邀参加了在上海举行的"第十一届民间读书会暨《点滴》作者座谈会"。在举行开幕式的那天上午，我早早地来到会场坐下，接着，一位文质彬彬的学者，坐到我旁边，我们相互点头，算是打个招呼。对方把名片递给我，我也忙着取出名片，与之交换，他就是著名的书评家和散文家李汝保先生。接着他又赠给我一本他的著作《星海踏浪》。接下来的几天，我们不但同室开会，而且同座就餐，这样，我们就成为朋友。今年夏天，得知他又有新书问世，我就毫不客气地给他发去邮件求书，很快收到他赠我的签名本《星罗棋布》（作家出版社，2013 年出版），又是一本书名以"星"字开头的著作。现在，我手里拥有了李汝保先生创作的"双星"，岂止双星，他以前还曾出版过《星光灿烂》和《星河泛舟》两书。当我阅读李汝保先生这本《星罗棋布》时，有所感受，想说点什么，一时苦于没有合适的题目，突然想到，还是从"星"或者"月"入手吧，于是写下了"星光灿烂月华明"这个题目。

《星罗棋布》是本散文、特写集，正如其名，它是一本写"星"的书——各个领域中的明星——著名作家、影星、笑星等等；但它又是一本谈读书、谈艺术的书。全书收文一百余篇，是从作者数百篇同类文章中选出，相当一部分曾在报刊上发表过。对几十个人物的特写，更是积作者二十年名人访谈之精华。全书分"名家一瞥""书林折枝""旅途游记""影海泛舟""滑稽明星""奇人轶事"六辑，记叙了100位名人；此外，还有一个附录"名人说我"，有11位著名人士，记述他们与作者的交往和友谊，论说作者的为人与品德。正如李汝保先生的夫子自道："这是一本我写100位文化名人，11位名人说我"的书。

在现实的生活中，名人，无论是那个领域中的名人，都受到人们的敬仰，有大量的粉丝，更是记者们追捧的对象。所以写名人很难，**难就难在写他们的人太多了，他们已经被写过 N 次了。他们的外貌、事迹、甚至生活的方方面面，都已经被人们熟知**。这样，你再写，就很容易重复别人的东西，甚至情不自禁地拾人牙慧。

李汝保先生写的名人绝没有这种情况，因为这些名人几乎大都是他多年的朋友，平时与他们有很多的来往和交流，如滑稽明星王汝刚、毛猛达等；有的是专访，如写陈怀恺、唐国强、谢晋等导演和影星，不是为写名人而写名人，虽然他自己说是写名人，但在我看来，他是在讲述朋友的故事，情真意切，娓娓动听。

获得诺贝尔文学奖的作家莫言可以说是很有名，很有名的名人吧，作者在《我写莫言》一文中，是这样写再见莫言并合影的：

> 在上图贵宾室，他（莫言）为我写下家址、电话。然而，在《中国图书评论》北京记者站，我打电话给他，他又说不行。细一听，山东人也实在，原来他要去火车站接高密来京治病的嫂子，正忙着。听说是部队给我派车已出来，他又爽快地说：那就来吧！

> 从三里河屯街道过去不久就到了，他妻子热情接待，说莫言接车快回来了。莫言家里与众不同的是，墙上挂着北京、全国、世界地图，不由使人联想起"立足""放眼"之类的老话。桌子上的"劲牛图"瓷盒画别有趣味。他妻子杜芹兰说起孩子在山东大学读书，说起王安忆让莫言出题的背景……

从文中可以看出，这是作者第一次登莫言北京的家门，但我们感到作者不但与莫言很熟悉，而且与第一次见面的莫言妻子也很熟悉，在这段文字中，我们只听到莫言隔空对作者说的一句：那就来吧。其他都是作者对莫言的家的描写：墙上的地图，桌子上的瓷盒画，还有莫言妻子的家长里短，什么孩子在哪里上大学，上海作家王安忆为什么让莫言出题等等。此段文中没有莫言形象的描写，甚至没有他的言行的描写，但我们确实感到了莫言的存在。这使我想起了画家齐白石老人那幅"蛙声十里出山泉"的名画。画的两侧是一个山涧，急湍的山泉在山涧中流淌，水中游弋着六只小蝌蚪，上方用石青点了两个青青的远山头。其效果是"蝌蚪五六只，随水摇曳；无蛙而蛙声可想矣"。如果把李汝保先生这段写莫言的文字，与那幅画做个不完全恰当的文、画比较，这里是否可以说："无莫言而莫言如在也"。这就是从作者个人独特的角度写名人，没有雷同，更没有重复。作者写莫言是如此，写其他人也是如此。

实际说来，我与李汝保先生的交往并不多，应该说是刚刚开始。但人们说，第一印象非常重要。李汝保先生给我的第一印象是透着学者气的谦谦君子，而且是一位勤奋的作家。虽然说第一印象并非总是正确，但却总是最鲜明、最牢固的，并且决定着以后我们双方交往的进程。从别人对李汝保先生的描述中，证明我的第一印象是正确的。让我们再来看看名人们是如何说李汝保先生的吧。

"名人说我"这部分的第一篇文章，是郝铭鉴写的

《评书识"保"》。郝铭鉴先生是著名语言学家，他主编的那本以宣传语言文字规范化为己任的《咬文嚼字》，不但蜚声学界，更受到广大读者的青睐，被誉为"文化清道夫"。郝铭鉴先生想必是一位下笔严谨的作家，他与李汝保先生有20多年的交往，他是这样写李汝保先生的：

> 在公开场合中，李汝保并不是高谈阔论的人，相反，比较憨厚，甚至有点内向，但他有一股咬定青山不放松的韧劲。

> 李汝保留给我的另一个印象，便是他的勤快：不但腿勤，而且手勤。他在文化批评方面，其实是一个多面手，既对名著和当代作品写书评，也对经典电影和民族电影写影评，还对戏剧和百老汇音乐剧写剧评。

由于李汝保先生的勤奋，所以能在几年中创作出《星光灿烂》《星海踏浪》《星河泛舟》《星罗棋布》等几部作品，而且一星比一星明亮，一星比一星绚丽。我相信，在不久的将来，汝保先生创作，不仅繁星密布，而且还会皓月当空。

12. 天津旧书业的"史记"

——曹式哲的《津门书肆记》

最近，曹式哲先生寄来的他整理出版的雷梦辰的著作《津门书肆记》（天津古籍出版社，2014年8月第1版）。曹式哲先生之所以寄赠一册他的大作给我，是因为他看到我在《藏书报》（2015年3月30日第15期）上发表的一篇关于雷梦辰的文章《与雷梦辰先生的一段交往》。我在上高中的时候因为到天祥大楼买旧书与雷梦辰先生相识，在中断近20年后，我们又再次相逢。当时我在廊坊的一所高校任教，并负责系里的资料室工作，我还是常到天祥，后来到文庙为单位买旧书。我们的关系始终是售货员和顾客的关系。后来因为我的工作变动，不再去他那里买书，关系就渐渐地断了。2013年在我参加的"积书缘"QQ群中，一位文友贴出新出版的第17期《藏书家》目录，我看到雷梦辰的名字赫然在上，他的文章是《津门书肆二记（一）》。我看了非常激动，在我的印象中雷先生应该是近九十岁的人了，现在还能写文章，说明他身体很好。我打定主意要去看望一下雷先生。于是，我与文友联系，看文章后面是否留下作者地址。但朋友的回答令我失望和沮丧。他说，文章题目旁边注着"雷梦辰遗作曹式哲整理"，在介绍作者时有"雷梦辰（1929—2003）"的字样，雷梦辰先生已经去世十年了。我从没有读过雷梦辰先生的文章。几经周折也没有找到那一期的《藏书家》。但我记住了整理者曹式哲这个名字。

收到曹式哲先生给我寄来的这本《津门书肆记》，可以说我是喜出望外。因为我以前并不知道有这样一本书，只是想读到雷梦辰先生的那篇"遗作"。现在雷先生这么多文章都收集到了，手捧书本，心里热乎乎的，大有再遇故人之感。

雷梦辰先生只是书业中数以千计的普通售书人之一。他开过私人书店，文化水平也不高，仅有小学的文化程度，售书是一种谋生的手段；但他又不把售书仅仅当作谋生的手段，他经常说："我从不把自己与读书人之间看成是一般的买卖关系，而是尽可能为他们服务。我尊重他们，他们也尊重我。"在我与雷梦辰先生的接触中对这一点深有体会。更为重要的是，他把售书当成一种文化事业来做，自觉地、刻苦地学习，研究书业的知识。在漫长的收书、售书的过程中，虚心向前辈讨教，与同辈交流，特别是在他的舅父孙殿起和胞兄雷梦水的影响、指点和帮助之下，靠自己的摸索和领悟，掌握了版本学、目录学的知识，最终成为这个行业中的行家里手。更为难能可贵的是，他在售书的同时，长期有目的、有意识地收集资料，撰文著书，并取得一批有价值的成果，也使自己成为这方面的专家。《津门书肆记》就是他多年心血的结晶。

读过《津门书肆记》，我深深钦佩雷梦辰先生。他编写的半个多世纪以来天津市古旧书肆的文章，经过曹式哲先生汇集整理成为一本非常专业的书籍。就以书中《天津书肆记》《津门书肆二记》（上、下）、《天津三大商场书肆记》这三篇核心文章为例，文中记载了晚清到1956年这半个多世纪天津410家书肆的经营状况、发展演变、书籍流通的情况。内容丰富，资料翔实，既有书肆的名称、地址、经营者的姓名（字号）、籍贯履历、业务交往、设店时间、店址变更、资金来源、主营项目、销售状况、经营年限、歇业时间、徒弟帮伙、分散聚合，又有业主的品行嗜好、趣闻轶事、收购奇遇等等。这么多细小微末的项目，条分缕析，件件清楚，在没有档案资料，没有助手的情况下，他仅凭借个人几十年的日常记录，以及追忆、走访和考证，完成这些著述，为研究天津古旧书业的历史提供了宝贵史料，也为数百位默默无闻的古旧书从业人员留下了雪泥鸿爪。它不仅有极高的史料价值，而且有经济学上的意义。

《津门书肆记》的出版，整理者曹式哲先生功不可没。全书共收录雷梦辰先生作品十件，其中有些雷先生生前在《天津文史资料选辑》上发表过。而书中最为重要的两篇史料《津门书肆二记》（上、下）以及雷先生的一篇私人信件《致姚予节书》则是曹式哲先生挖掘、发现、整理的。在《津门书肆二记》中，雷先生记载了从1949年到1956年期间，天津的336家书肆的基本情况。这份史料的重要意义在于，雷先生已发表的《津门书肆记》和《天津三大商场书肆记》这两篇文章，是讲述晚清到1949年这一历史阶段，天津书肆的盛衰聚散，它不是天津书肆的全貌。曹式哲发现整理出雷先生的《津门书肆二记》，这样从晚清到公私合营私人书店解体，天津旧书业演变的全貌就呈现在人们的眼前，臻于完美。可以说，这三篇文章，就是一部比较全面记述半个多世纪以来天津旧书肆发展变化情况的"天津书业史"。仅从这一点，我们就应该感谢曹式哲先生。

曹式哲先生我并不熟悉，从书中的简短的介绍知道，他与我是同龄人，还曾经是我的同行，他曾在高等院校任教，后来才调到天津古籍书店，从事古籍复制、编辑工作，并取得高级职称。近年来，他潜心于天津书业文化的研究，他整理的这部《津门书肆记》就是他的研究工作最丰硕的成果之一。曹式哲先生整理出版雷梦辰先生的《津门书肆记》，是做了一件非常有意义的事情。我以为其意义至少有三。

首先，挖掘和抢救的一批书业的宝贵史料。雷梦辰先生生前写的一些有关天津书业的文章和资料散见于各处，以前并没有引起人们的注意，也没有什么影响，可以说这些史料并未得到充分的利用，其史料价值更没有得到充分地发挥。曹式哲先生把这些散在各处的文章收集起来，并出版了专著，这就强化了其史料价值，也便于专家和读者研究和使用。更为难能可贵的是，在这个收集和整理的过程中，又发现了雷梦辰先生的遗稿《津门书肆二记》，使天津旧书业的历史成为完璧。

　　其次，宣传了版本目录学家雷梦辰先生，为其树碑立传。雷梦辰先生无论是自己开书店，还是后来在国营新华书店当营业员，在古籍书店当购书员，都是恪尽职守，兢兢业业。他是利用业余时间做些研究，撰文著书，出版过《清代禁书各省汇考》一书，并有多篇文章发表在《天津文史资料选辑》上。虽然他在售书的过程中结交了一些朋友，甚至有一些很有名气的朋友，但他从不张扬，所以了解他的学术成就的人并不多。曹式哲先生整理出版了这本书，使业内的同行和业外的文化人了解了雷梦辰先生的学术成就。值得一提的是，他把雷梦辰先生定位为"版本目录学家"，这是非常恰当的、名副其实的。在整理这本书的过程中，曹式哲先生还走访了古籍书店的一些老职工，以及雷梦辰先生的亲属，撰写出《津门书业忆故人——雷梦辰》一文，对雷梦辰先生的生平事迹、从业之路、为人处世、治学态度诸方面，进行了比较全面的介绍和宣传。其中颇有感人的例子，如1980年到1982年期间，雷梦辰先生在南市书库值班时，他晚上或挑灯夜读，或灯下写作，一位在书库过夜的年轻人见证了他的这种刻苦精神。那位年轻人半夜醒来的时候，常常看到雷梦辰先生埋头写作。这些情况是外人所不知道的。曹式哲的文章为我们描绘了一位凭借自己的恒心和毅力自学成才的学者形象，为书业前辈、版本目录学家雷梦辰先生树了碑，立了传。

最后，曹式哲先生挖掘、整理的这个学术成果《津门书肆记》，是一个范例，对其他行业流失在民间的史料研究和整理工作，具有重要借鉴意义。第一次鸦片战争后，帝国主义列强对我国进行疯狂侵略，天津是最早开埠的沿海城市之一，四面八方的富商涌向海河两岸，工商业繁荣起来的同时，也带动各行各业兴盛起来。近代的银行业、邮政业、典当业、租赁业、运输业等等，在天津都很发展。此处不妨举我经历的两个小例子，从1953年开始，我家就住在西门外一带，直到1995年拆迁。在离我家不远处有一条胡同叫"脚行胡同"，所谓"脚行"，就是1950年前的搬运业。天津地处九河下梢，南北客商云集，历来码头货运繁忙，脚行业由此应运而生。这个脚行胡同里不仅住着很多脚行苦力，也住着东家和账房先生，我的一位小学同学家就是干脚行的，就住在那个胡同。我去同学家串门，那时脚行业已经衰退，但常常碰到他父亲与别人喝酒，看到他们掰着手指头算，哪家脚行过去有多少伙计，主要"扛"哪里来的货，什么货，运货的"老客"如何如何。现在想来，把他们谈论的整理出来，也许就是一部分天津运输业史料。可能我孤陋寡闻，我还没有见到对天津"脚行业"的认真研究的学术著作。另一个例子，我家的胡同正对着一家出租人力车的，人们都叫它"贾家车厂子"。我小时候每天看到一些"骆驼祥子"样的人，拉着人力车出出进进，我和小伙伴还常去里面玩。我们管那些人叫"拉胶皮的"。其实，拉胶皮、车厂子就是近代的市内交通业。此外，像天津银行业、邮政业、典当业、租赁业等等，这些行业的老职工，还有老苦力，都是本行业发生、发展的历史见证人。其中一定也有像雷梦辰先生这样的有心人，对某个行业中大小"字号"的兴衰、经营、运作、交往、雇佣关系有所记载或研究，留下一些珍贵的资料，需要像曹式哲先生的这样的学者去做深入的发掘、收集、抢救、整理和研究，为我国的行业历史提供真实、可靠的史料。这种认真的学术研究（而不仅仅限于搜罗某个行当里的江湖奇人，市井奇闻）不仅对天津，而且对我国经济发展史的研究也具有重要意义。

13. 青藏高原上第一部文史笔记

——甘建华的《柴达木文事》

　　我与甘建华先生相识于株洲，后来在天津举行的第十三届全国读书年会上，再次会面。从我们的交流中，知道他是湖南衡阳人，20世纪80年代，随父亲到青海，考入青海师范大学地理系，大学毕业后，在青海工作过一段时间，90年代初，调回家乡工作。

　　甘建华虽然是学理科的，但对文学、艺术情有独

《达木文事》书影

钟，从学生时代就组织文学社、编刊物、办报纸。参加工作后当过记者、编辑；并于本世纪初，先后创建文化传播公司和装饰工程公司。在繁忙的工作之余，勤于写作，出版专著《西部之西》《天下好人》《铁血之剑》《蓝墨水的上游》《江山多少人杰》等十几部，数十次获得全国及省部级文学、新闻奖

励。我一直期望能读到甘建华的大作，这个愿望于近日得以实现。

前不久，甘建华给我寄来他的近作《柴达木文事》（中国文史出版社，2016 年 5 月出版），我用了几天的时间，坐在还不算热的书房里，伴着窗外时断时续的蝉儿鸣叫声，读完了全书。

提起柴达木，我脑子里出现的是一望无际的沙漠和绵延几十万平方公里的盆地。心想在那西北边陲、鲜有人烟的不毛之地，会有什么文人墨客、文坛趣事、历史掌故。当我一页页地品读甘建华的《柴达木文事》时，我的眼睛越来越亮，心情越来越兴奋。这里不仅有祖祖辈辈辛勤劳作的各族人民，有把青春和爱情献给柴达木的建设者，还有倾心讴歌、宣传柴达木的作家、诗人、歌手、摄影家。甘建华自己就曾经在柴达木生活、工作过十余年，那正是他美好的青春岁月。他酷爱读书，痴迷文墨，结识了一大批作家、艺术家、文化人、媒体人。他用那支朴素而优美的笔，勾勒出他们的各自不同的相貌、性情和事功，记录了他们与柴达木这片土地的深情厚谊，以及在这里发生的种种趣闻轶事。

这部 15 万字的《柴达木文事》共分"文学拓荒""海西文坛""石油文苑""文星光照""军旅文艺""西部之西""艺苑流风"7 辑。作者用白描的手法和简洁的议论，记录了 333 则文人文事，其中多为亲见、亲历、亲闻。其中有著名的作家、诗人：陈忠实、贾平凹、徐光耀、徐迟、张承志、袁鹰、陈荒煤、叶文玲、邵燕祥、李季、李瑛等；著名的艺术家、歌唱家：金焰、董克娜、刘长瑜、朱乃正、刀郎等。文事有：李若冰文学奖、乌兰醉酒、《瀚海潮》创刊、联谊会、文学潮、油田作者专页、创办《瀚海魂》、湖南作家书画院、电视剧《柴达木之恋》、电影《德令哈之夜》……

李季

1945 年冬，创作完成长篇叙事诗《王贵与李香香》，奠定了他在中国文学史上的卓越地位。……于这年（1952 年）冬天偕妻挈子，来到玉门油矿担任党委宣传部长，一度兼任石油工人报社社长。1954 年夏天，听闻勘探队员进入柴达木，他也坐不住了，一再要求去盆地。他不顾自己患有风湿性心脏病，不顾玉门油矿矿长杨拯民（杨虎城将军之子）的再三规劝，毅然走向大盆地。

格尔木

听说青海西部有个地方叫格尔木，从那里可以进入西藏，但是格尔木在哪里？慕生忠率队从香日德出发，经过 4 天 4 夜的跋涉，他们来到一片河滩之上，只见一条冰河从昆仑山滚滚而下，滋润了两岸的水草，红柳非常茂盛，河水碧清异常。因为格尔木是蒙古语，意思是"河流密集的地方"，……慕生忠判断，此地应该就是格尔木了，于是将拐杖插在地上，非常肯定地说："我们不走了，我们就在这里做格尔木的第一代祖先。我们喜欢城市，更喜欢自己亲手建设起来的城市，我们要在柴达木盆地建设一座美丽的花园，一座中国西部的新上海。"

这些文字读来让人壮怀激烈、热血沸腾、热泪盈眶。有这样一批批、一代代满怀豪情、前赴后继、大气磅礴、大义擎天的开拓者、建设者，是柴达木人的骄傲！是柴达木的幸运！

陈忠实

2008年8月底，中国作协副主席、《白鹿原》作者陈忠实率领西气东输采风考察团，……（随团记者张丽娟）告诉他，最近刚买了他的新作《鹿野村》准备拜读，他心平气和地说："假的，绝对不是我写的。""假的？"面对她的惊讶，他表现出一丝无奈："完成《白鹿原》以后，我再没有写过长篇小说，可是现在社会上盗用我的名字，出版的长篇小说有十几种版本，假冒让我毫无办法。"

159

席慕蓉

　　台湾著名女诗人席慕蓉，他的祖籍在内蒙古察哈尔盟明安旗。……1989 年的蒙古高原之行，是席慕蓉创作的分水岭，之前她活在父母的乡愁里，尔后活在自己的乡愁了。2015 年 8 月 7 日，是海西州文联主席斯琴夫的人生分水岭，之前他只知道席慕蓉而席慕蓉未必知道他，这一天第五届青海湖国际诗歌节开幕，作为海峡两岸的蒙古族诗人，他俩历史性地会面了。席慕蓉对都德蒙古文化非常关心，将斯琴夫赠送的《都德蒙古》创刊号紧紧地贴在胸前，并为斯琴夫题写了"祝福"二字。

　　我们读到这些文字，感到温馨和愉悦。这类词条不论是纪言，还是纪行，语言简洁生动，隽永传神。我们在感受到柴达木的粗犷、苍凉一面的同时，也能体会到它的细腻和温润。这也正是真实生活的千姿百态。

　　正如作者甘建华在《后记》中所言："《柴达木文事》其实也是一项打捞沉船、抢救文化的浩大工程。许多人已经成为历史的背影，英雄们正在逐渐凋零。"他提到，诗人李季走了，作家李若冰走了。就在这本书出版的前夕，今年 4 月 29 日陈忠实也走了。书中那则"陈忠实"就更显得珍贵了。

《柴达木文事》中的这三百多则笔记，远非作者所写的全部，甘建华实际上写了"八百余则笔记，四十万字左右，涉及千余人事"。这些史料未曾见诸任何媒介，弥足珍贵。《中国笔记文史》作者郑宪春教授认为，"《柴达木文事》应该是天水或兰州以西，至少是青藏高原有史以来的第一部文史笔记专著"。这个评价是恰如其分的。

除此之外，这部《柴达木文事》为那些在生命的历程中，与柴达木这块神奇土地，有过千丝万缕联系的文坛艺苑先哲今贤们，留下了宝贵的记忆，这是对他们最好的纪念和礼拜，也为写作先贤传记的作者，提供了第一手鲜活的史料。

最后，甘建华的这本《柴达木文事》，给挖掘地方文事资料的写作，无论是体例、语言、风格，都提供了宝贵的借鉴。我们可以预见，在不久的将来，会有"N地文事"或者"M地文事"出现在文坛。

14. 迷恋读书痴情写作的结晶

——胡忠伟的《迷恋纸月亮》

我是从网上认识胡忠伟先生的。一次偶然的机会，在新浪网上浏览到他的"忠伟路上"博客。这一浏览，简直使我大为感佩，他几乎每天都晒出自己刚刚发表的作品，有时一天发表数篇。不但佩服他发表作品数量之多，更佩服他发表作品的报刊之广，他发表作品的园地，除了那些人们熟知的大报，如《人民日报》《人民政协报》《中国纪检监察报》《图书馆报》等等之外，还有诸如《楚天主人》《星耀》《西楚文艺》等刊物，以及《晋江经济报》《中国国门报》《今日修武》等报纸。此外，还有那些冠以"某某日报"的地方报纸，我没有统计，估计至少也有上百家。能在这么多报刊上发表作品，一定是凭着他的执著和作品质量取胜，绝不会是什么所谓的"关系稿""人情稿"。忠伟先生本身并不是一位职业作家，他有自己的本职工作。我在想这个年轻人是多么勤奋，一篇篇的美文，都是在工作之余，在夜静更深，别人已经进入梦乡时，写出来的。

后来，我们在虚拟空间里有了交流，发个短信，留个纸条，相互问候一下。再后来，他的《迷恋纸月亮》出版了，要了我的地址，给我寄来一册。

《迷恋纸月亮》书影

当散发着淡淡书香的《迷恋纸月亮》拿到手里，我首先感到的是书名曼妙：美丽、动听、雅致。香港文化学者董桥先生曾说过："爱书爱纸的人，等于迷恋天上的月亮。"董桥先生把书籍比作高悬在夜空中晶莹、洁白、朦胧、淡雅的月亮，忠伟先生就是一个爱读书、勤写作"迷恋纸月亮"的人。

这本近20万字的《迷恋纸月亮》，是作者近年来发表在各种报刊上美文的结集；也是他读书写作，在文字世界里经营梦想、自得其乐的见证；更是他迷恋读书、痴情写作的结晶。

忠伟先生之所以能写出如此多的美文，这与他的读书是分不开的。读书已经成为他的一种习惯，生活中不可或缺的一部分。《迷恋纸月亮》的三辑中，第一辑是"读书的学问"，共15篇文章，这些文章以他个人的经验告诉读者怎样读书、怎样买书、怎样享受读书的快乐。他在《享受慢阅读》一文中写道：

我喜欢阅读。高中时，我住校，一学期也回不了几次家。每逢周末，别人都回了家，我又不愿意逛街，于是就窝在宿舍看书。时间久了，就形成了习惯。

正如忠伟先生所说："阅读是一种可以培养的习惯，习惯一旦养成，静心便不再是难题。"话虽这样说，但是真能在这个物欲横流的环境中，让自己的心远离繁华的喧嚣，拒绝电化声光的诱惑，静下来读书，并培养成一种习惯，绝非易事。而一旦像忠伟先生这样，形成了习惯，那就获益多多。书籍就能给你带来愉悦、令你充实，帮助你认知世界、认知人生、获取知识；并使你学会思考，让你的心灵得到慰藉。腹有诗书气自华，读书使你内心丰盈、视野开阔、心胸豁达、精神愉悦。随着阅读量的增多，书籍还会影响一个人的品质、修养，甚至外貌、谈吐和神情。爱读书的人，眉宇间透着一股书香气，使人飘逸、深邃、情感丰富、温文尔雅，有灵性，有思想，有内涵，浑身透出一种由表及里的书香风范。我想，几十年的读书和写作生活，忠伟先生已经收获了以上的成果。

当我读完《迷恋纸月亮》中60多篇美文的时候，留存在我脑海里最深刻的印象是：

一、感情真挚　书中的每一篇文章都是出自作者的心泉，都是作者自身的体验，这不仅体现在第一辑的"读书的学问"中，而且也体现在第二辑"纸上烟霞"和第三辑"我读平凹"的文章中。无论是谈自己的阅读的心路历程，还是读胡适、董桥、唐弢、龙应台、孙犁等文学大家，或者读安武林、孙卫卫、杨栋这些师友作品的感想和书评，以及读贾平凹所获得的喜悦；无论是钩沉史实，还是直陈心曲，或者感发志意，都是以极其诚挚的态度，谦和的笔调，娓娓道来，就像和两三好友，边品茗，边聊天。其中没有一丝的自我炫耀，更没有故作高深状，要向别人灌输什么。他所要表达的仅仅是对阅读的爱、对书籍的爱、对作家的爱。

二、文字朴实　多年的写作，使忠伟先生练就了灵巧地驾驭文字的本领。《迷恋纸月亮》文字朴实优美。例如他对慢阅读的感受是这样写的：

　　这是一个讲求效率的时代，这是一个艺术品速成速朽的时代。泛阅读、轻阅读、快阅读代替了精阅读、深阅读和慢阅读。阅读与思考几乎不能同时存在，心灵的荒寒和困顿就成为必然，这样的生活对一个喜欢阅读、重视心灵建设的人来说无疑是一种受罪。如果它成为人们主要的追求倾向，那么这是非常可怕的。

　　对于一个有相当阅读经验的人来说，一个普通的准则就是：好书慢慢读。

这段文字不但朴实优美，而且说理清楚，非常到位。这些年来，人心浮躁，急功近利的情绪，也深深影响着文化界，一些文化快餐泛滥成灾。而这种文化快餐缺乏文化内核，没有生命力，导致了文化传承的空虚。受此影响，一些人不再细嚼慢咽地读书，而是要泛阅读、轻阅读、快阅读，这样阅读的效果可想而知。忠伟先生对慢阅读的感悟，一定会引起有阅读经验的读者心灵共鸣。这样朴实的文字，在《迷恋纸月亮》里随处可见。

三、阅读广泛　这本《迷恋纸月亮》不是忠伟先生的第一本著作，此书之前，他还出版了《未带走的嫁妆》《爱是一朵花》等著作。众所周知，写作的基础是阅读，正如古人云："读书破万卷，下笔如有神。"从这本《迷恋纸月亮》中，我们可以看出忠伟先生阅读的广泛。在这本书里，作者提到的书籍，据不完全统计，多达一百种以上。不仅阅读的数量大，而且书籍种类多样，既有古代的经、史、子、集，又有现代作家的小说散文。如此大的阅读量，非一日之功。是他日积月累，勤奋阅读的结果。

多年来，忠伟先生"焚膏油以继晷，恒兀兀以穷年"。刻苦阅读，勤奋写作，以传播书香为己任，而且硕果累累，成绩斐然，怎不令人敬佩。

15. 落花时节又逢君

——读童一秋的《杜甫》

　　落花飘零如雨。诗人杜甫（公元 712 年—公元 770
年，字子美，自号少陵野老）与音乐家李龟年（生卒年
月不详，唐中期人）重逢于他乡。两人初识于风华正茂
的少年时期。杜甫每每回忆起开元之治的繁华，回忆起
自己的才华被岐王李范和秘书监崔涤所赏识，又怎能不
记起那涤荡心灵的清歌数阕，那才艺卓绝的李龟年？岁
月无情。而今，战乱使他漂泊异乡潭州，意外地与流落
江南的李龟年重逢，沧桑郁结在心中，难以抒怀。抚今
追昔，世事的离乱，人情的聚散，年华的盛衰，彼此的
凄凉流落，都浓缩在这短短的《江南逢李龟年》二十八
字中：

　　　　岐王宅里寻常见，崔九堂前几度闻。

　　　　正是江南好风景，落花时节又逢君。

　　清吴瞻泰评说少陵的这首诗，曰："此盛唐绝调也，

字字风韵，不觉有凄凉之色，而国家之盛衰，人世之聚散，时地之迁流，悉寓于字里行间，一唱三叹，使人味之于意言之表，虽青莲、摩诘亦应俯首。"

花落时节又逢君。如此深情，怎能不令人泪如泉涌？然而"莫自使泪枯，收汝泪纵横"，只因"泪枯即见骨，天地终无情"啊！边庭流血成海水，武皇开边意未已。君不见青海头，古来白骨无人收！社会动荡，民不聊生，山河破碎，生灵涂炭！这是他杜少陵独有的深情——忠君、忧民。

杜甫一生漂泊不定，他几乎游遍祖国大好山河。他曾在五岳之首的泰山之巅发出"会当凌绝顶，一览众山小"的雄心壮志，壮年时也同盛唐文人一般应试求取功名。后来，他困守长安达十年之久，这是他一生中最不堪回首的岁月。公元755年，安史之乱开始，长安沦陷。不幸的是，忧国忧民的杜甫被叛军所俘，因他不肯为叛军卖命，受尽非人的折磨。一个大雨滂沱之夜，从牢里逃出。他几乎是历尽艰辛，才逃到凤翔。后官拜左拾遗，又因为好友房琯仗义执言，触怒肃宗，被贬四川。后寄居在成都西郊的一个破旧的草堂里，并曾经一度在严武的幕下任参谋、检校工部员外郎等职，所以后人们称他为杜工部。

他长期沉沦于下层，了解民间之疾苦，有以天下为己任的远大抱负。他对民不聊生、官吏凶残，以及亲人的悲欢离合，有刻骨铭心的体验。后人耳熟能详的"三吏""三别"，就是贫困潦倒的哀叹和对国家的深刻思考的诗意描写。

在唐朝的诗人中，人们常常把杜甫与李白相提并论。杜甫与李白是至交好友，两人相识于杜甫的第三次漫游途中。那次漫游，他和李白、高适同行，三位诗人，性格相近，情趣相投，一起登高怀古，饮酒赋诗，郊游狩猎，访道寻幽。太白的飘然不羁、卓尔不群让他倾慕。他曾在春日忆太白："白也诗无敌，飘然思不群"；他曾在醉后歌太白："天子呼来不上船，自称臣是酒中仙"；他曾在梦中思太白："死别已吞声，生别常恻恻"。他和太白的际遇有太多的相似，他说"千秋万岁名，寂寞身后事"，这是对太白，也是对自己的劝诫。

杜甫是寂寞的。《江汉》一诗中"江汉思归客，乾坤一腐儒"，这两句，是他一生最好的写照：独立于茫茫宇宙之间，悲叹自己的孤独和无助。我们却从中看出诗圣杜甫博大的胸怀和对世事不能如愿的惋惜。

"安得广厦千万间，大庇天下寒士俱欢颜。风雨不动安如山！"何等的胸襟！道出了多少人的希冀。在他即将死于一孤舟之上时，想着、念着的还是老百姓，绝笔道："战血流依旧，军声动至今。"他目睹亲人离散、遭受战乱蹂躏的百姓，他用自己的悲悯之心去感受这个满目疮痍的世界。尔曹身与名俱灭，不废江河万古流！

像写杜甫这样的诗人或者文学家的人物传记，很容易出现史料堆积或者作品分析的倾向，这样就给读者一种疏远感；也有的从史料中挖掘那些所谓的隐私秘闻或者轶事传说，来提高所谓的趣味性、可读性。这样就常常弄得传主面目全非。一本优秀的历史人物传记，应该把传主还原到历史的环境中，塑造一个有血有肉、真实可信的历史人物。尽管充满历史沧桑，但读者感到人物丰满而亲切。读童一秋先生的《杜甫》，是读一位伟大诗人的一生，是读一段悲壮的历史，也是一次有教益的文化之旅。

　　读完《杜甫》，我深受感动，在飘着绵绵春雨，略显清冷的天气里，我心中依旧有一股暖流在涌动……

下辑 书情书悟

1. 我读的第一本"书话"

我早年在天津居住时，在离家不远的地方，有一家新华书店。这家书店很小，是坐南朝北的门，走进书店，里面的一切就一览无遗了。除了北面是门口外，东、西和南三面都是书架，从地面一直接到屋顶，书架上密密麻麻插满书籍，但顾客只能看到书脊，书架前面放着玻璃柜台，每个玻璃柜里分三层，摆放着新出版的书籍，可以从外面清楚地看到这些书。我记得书店里只有两个店员，一个上了年纪的老先生（在我少年的眼里的老先生，也许只有 40 岁左右），还有一位年青的女店员。

因为书店离我家很近，而且我当时正做着作家梦，所以常去那家书店转悠。也确实在那家书店买了不少的文学书籍，但都是些价钱很便宜的小册子，如孙犁的《津门小计》（定价：0.21 元）、叶君健的《樱花的国度》

（定价：0.14 元）、《两京散记》（定价：0.50 元）等等。我之所以喜欢买这些小册子，一是作者都很有名，再者书价便宜，是一个中学生可以从早点钱和父母给的零花钱中省出来，买得起的。这些书籍一直保存到现在。购书交款后，在书的封底上盖的那个"天津市南开区新华书店 西关街门市部"的红印章，现在还清清楚楚。

我还记得，1962 年 9 月，我已经从南开中学的初中升入高中。新学年开学时，父母对我再次考入南开中学上高中，感到高兴，给了几块钱，让我自己买学习用品，交班费等。口袋里有了零钱，我又一次走进西关街新华书店。各处浏览了一会儿，发现玻璃柜里有一本新书，引起我的注意，是 32 开本的，不太厚，封面是白色，正中靠上有竖排着两个绿色的菱形，再仔细看绿色中有类似祥云一样的纹路，实际是一朵花，菱形最下面那个角就是花茎，两个菱形中各有一个毛笔写的字，也就是书名"书话"，奇怪的是这两个字中，"书"是繁体字，"话"是简体字。在封面的右下角有一方篆字的红印，也是两个字，但是我不认识。我让店员给我拿出来，仔细翻阅，在扉页上有作者的名字"晦庵"，原来封皮上的两个篆字，是作者的名字。对这个作者我一无所知；扉页的下方还横排印着北京出版社，下面有一排暗色的小字"1962 年"。这是一本刚出版不久的书籍。（1962 年 6 月第 1 版）

我对"书话"两字似懂非懂，我想大概是讲书的文章吧。翻阅目录，果然是这样。全书117页，40篇文章，都是讲书的，如第一篇是《守常全集》是讲李大钊的书，第二篇《域外小说集》是讲鲁迅的书，还有讲"翻版书""禁书"和"在国外出版的书"的文章。书拿在手里，就不想放下。那位老

《书话》书影

店员还在一边怂恿，说："这是新出版的，买的人很多，就剩这一本了。"于是我买下了这本《书话》，定价：0.45元。

回到家，我就仔细地读起来，当时自己的文学知识非常之浅薄，《书话》中提到的一些书籍自己根本没有读过，有的甚至没有听说过。读这本书的感觉就像是在一位师长的身边，他手中拿着一本一本的书，翻阅着，和蔼可亲地向你讲述书的故事，从它的作者、版本，以及围绕着这本书所发生的鲜为人知的、有趣的故事，最后还讲了他自己的一些看法。我就像那个学生，一面随着师长翻阅一本一本的书，听着那些娓娓动听的书的故事，一边在频频地点头。我如坐春风之中，不但获得了新的知识，而且获得了艺术的享受。就这样，这本《书

话》我也不知读了多少遍，我甚至按图索骥，去图书馆借阅《书话》中提到的那些书籍，或那些作家的书籍。例如，《书话》里《科学小说》一文，提到"科学幻想小说之父"，法国的儒勒·凡尔纳，虽然我没有能读到书中提到的鲁迅先生翻译的《月界旅行》和《地底旅行》，但我读了当时可以找到的《格兰特船长的儿女》和《神秘岛》。后来还读了凡尔纳的其他的一些科学幻想小说。

出于对这本《书话》的喜爱，我开始关注书的作者晦庵，经过询问我的语文老师，我知道了晦庵是唐弢先生的笔名。初听唐弢这个名字，觉得很耳熟，后来想起，不知在什么地方看过，鲁迅先生曾对某个唐姓作家说过"我也姓过一回唐的"的话。后来竟然找到了这个故事：原来1933年到1934年之间，鲁迅经常在《申报》副刊《自由谈》上发表文章，针砭、攻击时弊，唐弢也在这个副刊上发表一些带"刺儿"的文章，有些人以为"唐弢"是鲁迅的化名。鲁迅与唐弢第一次见面时，两人互通姓名后，鲁迅接着说："唐先生写文章，我替你在挨骂哩。"唐弢心里一急，说话也结结巴巴。鲁迅看出他的窘态，忙掉转话头，问道："你真个姓唐吗？"唐弢答："真个姓唐。""哦，哦，"鲁迅看着他，似乎很高兴，说："我也姓过一回唐的。"说着呵呵大笑了起来。原来鲁迅曾经用"唐俟"这笔名发表过一些文章。知道了作者与鲁迅的关系，原来的陌生感似乎在一刹那间就消失了。

晦庵的《书话》是我读的第一本"书话"书。从此，我也爱上了这种文体，后来读了不少的书话书籍和文章。现在我不是也在试着写书话嘛！

2. 签名本中的赠言

我收藏师友的签名本数百册。这些签名本有的是师友当面所赠，有的是师友专门寄来的，也有的是事先买好师友的新作，让师友签名留念的，这样可以减轻他们的负担。总之，这些签名本记录了我们之间的交往和友谊。大部分签名本书写的格式采用传统的三段式：名字、雅正（指正、存念等）、签名加日期。但也有的师友还写了一些有趣的赠言。选取几则与朋友们共赏。

文洁若先生是著名的文学家和翻译家，她著有长篇纪实文学《萧乾与文洁若》《我与萧乾》，散文集《梦之谷奇遇》等。译著有《高野圣僧——泉镜花小说选》《芥川龙之介小说选》《天人五衰》《东京人》等。特别是她与萧乾合译意识流开山之作《尤利西斯》，更是享誉中外。我有幸于 2014 年在株洲召开的第十二届全国读书年会上，见到先生，当我拿出她的那本《巴金与萧乾俩老头儿》一书，请先生签名时，先生不但工工整整地签了名，还写了一句鼓励的话：

李树德同志

每日读书乐无穷

自牧（邓基平）先生是我国研究日记的开创者，他先编《日记报》，后来又编《日记杂志》，对研究我国文化人的日记颇有建树，并挖掘出大量弥足珍贵的历史资料。2011年我们在第九届全国读书年会上第一次见面，他赠我一册他主编的《日记杂志》第52卷（中国文化教育出版社2011年10月出版），他写在签名本上的赠言是：

窗小能容月　檐低不碍云

两年后的2013在11月，我们在上海第十一届全国读书年会暨《点滴》作者座谈会上再度晤面，他又赠我《日记杂志》第55卷（中国文化教育出版社2013年11月出版），这次他写在书上的赠言是：

苟日新　日日新　又日新

帅哥张阿泉，供职于内蒙古自治区电视台，集首席编导、记者、作家、藏书家于一身，2011年6月，他给我寄来他的新作《书读长城外》（内蒙古出版社2011年

6月出版），写了：

李树德教授书林添小草

他谦虚地称自己的书是小草。但我读后感到，那本书在我书林中是一株嘉木。

另一帅哥庞永力，是我廊坊的朋友，是廊坊市作家协会副主席，曾在我校办的"河北作家班"读书三年。一次，我们共同参加一个画家联展，在餐桌上，他把新出版的《庞门左道》（河北教育出版社2014年6月出版）赠我，他写的是：

喜欢您文字中的天津范儿

我虽然写过几篇回忆与天津作家交往的文章，但绝没有什么"范儿"，这不过是朋友的溢美之词。

2012年著名作家、出版家朱晓剑先生，主编了一套"读书风景文丛"，由四川天地出版社出版。作者都是当今读书界较有名气的作家、书评人、媒体人，内容是读书笔记、藏书题跋、文人逸事等等。撇开这套丛书的知识性、趣味性不说，单是那新颖、美丽的封面设计，就足以吸引爱书人的眼球。这套丛书共18种，作者中一多半是我熟知的朋友。我陆陆续续收到朋友们的赠书。

姜晓铭赠我他的《积树居书话》一书，不但附有书票，而且写下赠言：

灯下窗前常自足

夏春锦的书叫《悦读散记》，他在扉页上写的赠言是：

读书贵有悦乐处是为悦读

大部分朋友赠书时，写的赠言虽然比较短，基本都是读书方面的格言和警句，是作者自己的感悟，写下来与朋友共勉。

中国阅读学研究会会长、南京大学教授徐雁先生在赠我的《雁斋书事录》（南京师范大学出版社 2008 年 1 月出版）上写道：

读万卷书　行万里路

方韶毅先生是我在温州大学任教时结识的朋友，他为海豚出版社编过刘廷芳著的《过来人言》一书（2013 年 3 月出版），他将此书赠我时，写的是：

因书而结缘

我与吕浩在虚拟空间交往了很长时间，但一直没有机会晤面，他的新书《拥书独自眠》（金城出版社2014年8月出版）出版后，寄赠我一册，他写的赠言是：

今生有缘　与书缠绵

但是，也有的师友在签名本上，写下较长的文字，虽算不上赠言，但读来也饶有趣味。上海虎闱（陈克希）先生与我是同龄人，而且都有过下乡的经历。虎闱先生是我国著名的版本专家，特别对民国书刊有研究，被称为"民国书刊老法师"。我们最初的交往是在网络上，通过博客留言，进行交流和学术探讨。谈到旧书时，我曾提到，多年前我写过一篇题为《从世界语才子到国民党文化特务》的文章，讲荆有麟和他的著作《鲁迅回忆断片》；虎闱先生说他也写过关于荆有麟的文章，收在《旧书鬼闲话》（河北教育出版社2005年5月出版）一书中，我把我的文章打印一份给他寄去，向他请教，他便给我寄来他的著作。以下的文字几乎占满了扉页。

树德兄译著大有建树，让人刮目。文史考据也独居一功，如你我同为探究荆有麟，拙文"鲜见资料鲁迅回忆断片"，则不及你那"从世界语才子到国民党文化特务"之史料翔实。《旧书鬼闲话》权作博兄一笑耳。

华东师范大学教授、博士生导师陈子善先生，可以说是全国现代文学研究领域中执牛耳者，著作等身，但又是一位非常谦虚的人，我们多次在会议上见面交流。一次，我到上海参加巴金国际学术研讨会，随身带了一本他编的《孽海花闲话》（冒鹤亭著 海豚出版社 2010 年11 月出版），在会上见到子善教授，请他签名留念。不想他写了这样的一段文字：

　　　　此书由陆灏兄所编，却由出版社署了我的名字，特此说明。

然后，写下："为李树德先生题 陈子善 辛卯冬"。接着他讲了事情的来龙去脉，尽管有他的解释，但我还是认为，他为这本书的出版花了大力气，出版社印上"陈子善编"也是有道理的。不过通过这件小事，使我进一步感受到陈子善教授治学严谨、为人谦逊的学者风范。

3. 一段购买巴金书籍的经历

　　我从中学时代起就喜欢巴金先生的作品，但限于条件，只读过少量的巴金作品。1965 年考上大学后，学校图书馆藏有很多巴金的书，有各个时期，各种版本的巴金著作。我就像一只小蜜蜂，飞进百花丛中，贪婪地一头扎进巴金的作品中，把课余的大部分时间用来阅读巴金的书籍。

　　但是好景不长，入学不到一年，"文化大革命"开始了，我国的文化遭受了空前的破坏，几乎所有的作家都被打成"牛鬼蛇神"，他们的作品被污蔑为"封资修的黑货"而受到批判，他们写的书被查禁，甚至焚毁。作家本人也遭受到从肉体到精神的迫害。在上海的巴金先生更是首当其冲，被污蔑为"老反革命""黑老K"，张春桥一伙还召开电视大会对他进行批判。当我从小报上看到这些消息，感到痛心。学校的图书馆也封了起来，我再也读不到巴金的书了。

　　我从学校毕业后，被分配到河北省一个偏远的小县，先是接受贫下中农"再教育"，后来又"再分配"

到一所中学教书。虽然我身边带了几本巴金的书，常取出来偷偷地阅读，但远不能满足我阅读的渴望。

1976年10月粉碎"四人帮"后，全国开展了拨乱反正，平反冤假错案的工作。我当时想，像巴金这样的作家，1949年前，当过编辑，以写作为生，虽然信仰过无政府主义，但那只是一种理想、信仰和理论，他并没有做过什么反对共产党的事情；1949年后，追求进步，拥护新社会，跟着共产党走，积极改造思想，"文化大革命"中给他加了许多莫须有的罪名，早应该平反了。学校里订有《光明日报》《文汇报》等报纸，我每天仔细地阅读这两份报纸，想从上面捕捉一点文艺界的消息。终于，在1977年5月25日的《文汇报》上，我读到了巴金的《一封信》。当我第一眼看到报纸上的"巴金"两个字，全身的血液都沸腾起来，心跳也加快了，拿着报纸的手颤抖着，我怀着万分激动的心情，把巴金先生的那篇文章，读了一篇又一遍，有些句子都能够背下来了。这是"四人帮"倒台后，巴金先生发表的第一篇文章。在我看来，这就是给巴金先生平反的文件。

巴金先生的文章已经见报，那他的书籍也应该很快开禁，并重新出版。但是事实并不像我想象的那样简单。那一年放寒假，我回天津探亲，到天津几家大的书店去，想买几本巴金的书，但是书店里出售的文学书籍除了鲁迅的，就是浩然的《金光大道》《艳阳天》等几部小说，别说巴金的书，就连"文化大革命"中并没有被打倒的郭沫若先生的书都没有。这很使我失望。

到1978年的春天，巴金先生的《一封信》发表快一年了，我再也忍不住了，决定给天津新华书店的古旧书部写信，购买巴金先生的旧书。这个古旧书部，就是原来天祥二楼的旧书店，"文化大革命"前我在那里买过不少"五四"作家的书籍，不但有1949年后出版的，还有1949年以前出版的。它是天津，乃至全国著名的旧书店，不少人，包括一些研究者，从全国各地到那里去淘书。我想，那里一定还有大量的巴金先生的书籍。我的信发出没有多久，就收到了回信，信是写在明信片上的，信不长，抄录如下：

李树德同志：

　　来信所需巴金等人著作，现时我店无书，因此无法供应。请您再同其他城市联系，有否尚不可知。专此复　并致

　　敬礼

78.3.8

收到这封信，我非常失望，并有一种悲凉的感觉。我在去信中写明，是要购买巴金、郭沫若等作家的书籍，他们一概没有，我觉得这不是实情，而是这些书还

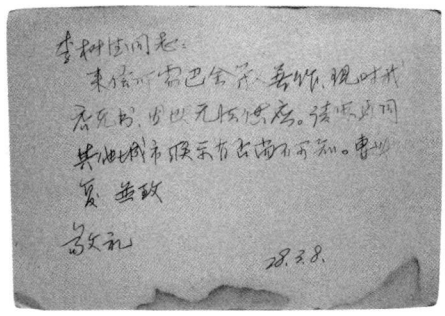

复信

没有解禁。文艺界是遭受"四人帮"破坏的重灾区，现在"四人帮"已经被粉碎一年半了，还不抓紧时间修复被摧残殆尽的文艺园地，更待何时！除了着急，我心中还有一份担忧，根据以往的经验，是不是会有反复，是不是还有人揪着巴金先生的所谓的"问题"不放……

青山遮不住，毕竟东流去。又过了近半年的时间，我从朋友处得知，巴金先生家乡的四川人民出版社出版了一本《巴金近作》(1978年8月出版)。我马上

给出版社去信，邮购了一本。到这时，我的心才平静
下来。……

到今年（2015 年）巴金先生逝世已经十周年了。我
写出这段小小的经历，把它当作一枚小小的白花，敬献
在先生的灵前。

4. 得书的喜悦与悲哀

因为喜欢书籍，也常淘书，所以只要看到书，就像蜜蜂见到花朵，便凑上前去。别说，有时还真有意想不到的收获。

去年夏天的一个早晨，我去一个小区看望朋友。这位朋友是一位著名的医生，我们不是因为"医事"而相识，而是因为"文事"而结缘。他所住的小区，有相当一部分是他们医院的职工。

我进了小区，没走多远，看到一幢楼的某个单元门口，一个收废品的正收一大堆旧书，旁边站着一位老太太，显然是个卖主。看到地上的那堆旧书，我便走了过去。这时，那个收废品的已经把书本秤好了，正向老太太付钱。收废品的是个三十多岁的汉子，他看到我走过来，以为我也有废品要卖，就问道："你有废品吗？"我便顺水推舟，和他搭讪起来，问道："旧书本多少钱一斤？"他听了我的话，转过头来对我说："书本三毛钱一斤，报纸四毛，如果你卖得多，价钱还有商量。"我嘴里一边应着，一边看地上堆着的旧书，大多数是医学书，其中有几本厚厚的人体"图谱"和一些解剖学方面的书。看到这些书，我心中油然生出一种悲凉的感觉，这么有用的工具书，就几毛钱一斤卖掉了，真是可惜。书虽然是旧的，但里面的知识并没有旧呀。我想，这些书的主人一定是一位外科医生。刚才那位老太太，我虽然没有看清她的面貌，但从她颤颤巍巍的步履判断，也已经七八十岁了。不知道这些书是她的，还是他先生的。

我的胡思乱想是瞬间的事情。在那个汉子蹲着，从地上往他的废品车上扔那堆书时，我眼前突然一亮，在那些医学书中，发现一本巴金的《憩园》，而且是文化生活出版社出版的民国版。看到这本书，我非常激动，心脏的跳动也加快了，但我极力抑制住我的感情，不要让这个收废品的汉子觉察出来。我装出一副漫不经心的样子，但又是小心翼翼地，把《憩园》从书堆里拣出来，拿在手里，装作若无其事、毫无目的地翻阅着，果然，我的这个动作，并没有引起他的特别警觉。我一边翻着书，一边问他："你把这些书和报纸，怎么处理，是不是还要再交到什么地方去？"他停下手来，对我说："我们交给废品总站，每斤最多挣毛儿钱，他们那里把废品分类，报纸和书本都运到造纸厂，打成纸浆，重新造纸。人家是挣大头的。"我一边听他说话，一边在他车上的书堆中，用眼睛扫描，又是一本文学书，郭沫若的《郭沫若译诗集》，还是精装硬皮的，我把它拿起来，丢到一旁；接着又看到两本，都是 20 世纪 50 年代初出的"绿皮书"《沙汀短篇小说集》和《夏衍剧作选》，从这些书可以进一步猜测，如果这些书的主人是一位医生的话，他还是一位文学爱好者。

我脑子在飞快地转动，如何在不引起收废品的汉子怀疑的情况下，把这几本书搞到手，而不被他敲竹杠。我想起一句西方的谚语：诚实是最好的策略。于是，我就直截了当地对他说："我喜欢这四本书，我家里的废书、废报纸有的是，可我不能现在回家拿别的书和你换。你是按斤买的，我现在按本买你的，怎么样？"那个汉子看了看我递到他面前的那四本书，用手掂了掂，好像要知道它的分量，想了一下，说："我们起早贪黑也不容易，一块钱一本，你给四块钱吧。"我控制着激动的心情，装出考虑考虑的样子，一边慢腾腾地从衣袋里掏出一张五元的票子，一边说："既然你说出来了，就按你的办。谁让我喜欢呢。"那个汉子找给我一元钱，然后，他推着车离开了。

当我到了朋友家中，把刚才发生的事情告诉我的朋友，并告诉他那个卖旧书的老太太所在的楼号和单元。他对我说："那一定是孙大夫的老伴，孙大夫已经去世好几年了，老伴要把房子卖掉，到外地闺女家去住。"我说："把那么好的医学书籍当废品卖掉，真可惜。"我的朋友反问我："不卖掉，怎么处理？"我一时语塞。

是的，我所在的大学里，老教授们哪个没有一些书籍，他们去世后，那些书籍还不是被子女们论斤卖给收废品的了。他们当初积攒那些书籍，花了多少钱财，多少精力，又有谁知道，想来令人心酸……

不想这些了。不管怎么说，我那天意外地收获了四本心爱的书籍。

5. 我是怎样喜欢上毛边书的

毛边书起源于欧洲。我是在英语课上，第一次有了"毛边书"这一概念。大学一年级的一次英语阅读课上，老师讲的一篇关于书籍的文章中，出现了 copy with leaves uncut（字面意思：未切页本）、uncut book（字面意思：未切边的书），以及 deckle edge（字面意思：手工纸在框里面形成的边）和 feather edge（字面意思：羽毛边）等词语，老师解释说，那就是"毛边书"。毛边书是那些留着大胡子，手握鹅毛笔的西方贵族们的爱好，书印好装订完，不切边，阅读时，点着蜡烛，一边喝着咖啡，一边手持小刀，裁一页读一页，十分悠闲和惬意。我当时听了，非常感兴趣。但很长一段时间，我没有见过毛边书是什么样子。

大学毕业后，我一直在农村工作。1976 年 8 月，我到天津探亲路过北京，在王府井的新华书店排队买了一套上、下卷的《鲁迅书信集》（人民文学出版社 1976 年 8 月出版），此后半年多的时间，我就反反复复地读这套书，当我读到下卷第 795 页，"943 致曹聚仁"这封信时，鲁迅下面的这段话，令我兴奋异常，也就是现在人们提到毛边书，常常引述的那一段话："《集外集》付装订时，可否给我留十本不切边的。我是十年前的毛边党，至今脾气还没有改。但如麻烦，那就算了，而且装订作也未必肯听，他们是反对毛边的。"

原来鲁迅先生如此钟爱毛边书，并自称"毛边党"。这使我对毛边书的兴趣更浓了，迫切地想一睹毛边书的真面目。我曾不断地询问我周围的同事，我曾给各地同学写信，我曾在我的亲戚家搜寻，他们都没有毛边书。有一段时间，毛边书在我心目中成了一位仙女，令我心醉。虽多年追求，也未能一睹芳容。越是见不到，越是苦苦追求。

20 世纪 80 年代初，我去看望我的那位大学老师，他刚刚落实政策，从原籍重返大学讲坛。在闲谈中，我特意提起他讲的那篇关于毛边书的文章，老师记忆犹新，他说，当时他有两本英文的毛边书，是 1949 年前在旧书摊上买的，准备带到课堂，让同学们直观地了解毛边书，但其中一本是"黄色小说"，是英国劳伦斯的 *Son and Lover*（《儿子与情人》），犹豫再三，没有敢拿给同学们看。"文化大革命"中，书被抄走了，至今下落不明。老师还告诉我，毛边书原本就少，经历"文化大革命"，就更难看到了。老师的一席话，给我泼了一头冷水，但我仍不死心。

后来，我从农村调到大学外语系工作，大学图书馆藏书丰富，应该收藏有毛边书，但是我在书库里没有找到。后来，与一位图书管理员聊天，他说，一般图书馆很少藏毛边书，但他告诉我，本校中文系的某教授藏书很多，一定收藏有毛边书。我知道这位教授是国内知名的研究周作人的专家。周氏兄弟都是毛边党人，他一定会有毛边书的。我与这位教授隔着系，虽然不熟悉，但相互认识，见面打招呼，有时也闲聊几句。

　　当我拜访这位教授时，他很热情地从书柜里取出三本毛边书，有周作人的《谈龙集》和《自己的园地》，还有一本鲁迅的《呐喊》。这些书都是20世纪二三十年代印行的，但保存得非常好，像新书一样。这三本书，教授已经读过多遍，三个边都有些黑了，但毛茸茸的茬口还十分明显。看着那三本书，我心情无比激动，就像是看到自己心仪多年的美人。这是我第一次见到毛边书。

　　虽然见到了毛边书，但我并不敢奢望自己获得或者收藏毛边书，我知道它们是很珍贵的。在我逛旧书店，到旧书摊上淘书时，非常留意毛边书，偶有所遇，都是民国版的毛边书，价格昂贵，也只能望"书"兴叹。自己的专业毕竟是外语，后来忙于教学、科研，对毛边书的热情，渐渐地淡了下来，所以，多年来，自己的书橱里没有一本毛边书。

近年来，我参加了几次全国读书年会，也参加了一些其他文学活动，结交了不少文友。在与文友的交流中，"毛边书"是一个经常被提起的话题。一次聊天中，我向朋友们讲了自己以上这段与毛边书有关的经历，一位文友调侃地说："你是老毛边党人了，只是没有找到组织。"其实，我根本不是什么毛边党人，因为我连一本毛边书也没有，但我喜欢这个"党"。在与书友的交往中，我对毛边书的热情又渐渐地被唤了起来。

我开始关注毛边书的信息。一次，看到《文汇读书周刊》（2010 年 4 月 9 日）上报道："由上海译文出版社精心打造的一系列毛边书的文学经典近日出版，最先问世的是《培根随笔》和《美国散文精选》。""其毛边制作采用的裁切方式与一般意义上标准'只裁地脚（下切口），不裁天头（上切口）和翻口（外切口）'有所简化，只在翻口做了未裁切处理。"按图索骥，我费了很多周折，在实体店、网店中，都未能买到一本报道中提到的毛边书。后来听说，那些书刚一出版，就被铁杆的毛边党徒们一扫而光。

我获得的第一本毛边书是钟叔河先生的《小西门集》，是从当当网上购买的。《小西门集》由岳麓书社2011 年 5 月出版。在此前的几个月中，当当网上就预订此书，有普通和毛边两种版本，我订了一册毛边本。几个月后，我的藏书里终于有了一本崭新的毛边书，我感到颇为欣慰。

我获赠的第一本毛边书，是上海周立民先生的大作《甘棠之华》。此后，有更多的朋友向我赠送他们著作的毛边本。上海韦泱赠我的毛边著作是《纸墨寿于金石》；桐乡夏春锦赠我《悦读散记》，不仅题词"读书贵有悦处是为悦读"，而且注明"此为三十本毛边本之第十七部"，春锦专门制作的三十部毛边本，赠给"党内"同志，他已经把我引为同志，我感到非常自豪。此外，还有嘉善子仪所赠的《听风集》；陕西任文不但赠我毛边本收藏，同时还赠我一册普通本阅读，着实让我感动。包头冯传友还转赠过他朋友诗集的毛边本。就在今年的第十三届全国读书年会上，罗文华赠送了一册他的毛边本新著《每天都与书相遇》。不再一一列举了，现在，我的书橱里已经有几十本毛边书了。

最后，值得一提的是，我收藏的第一份毛边本的刊物，是夏春锦主编的《梧桐影》2012 年 7 月的创刊号。今年又收到被江南才子王稼句称为"佳人"的，沈文冲先生主编的毛边本刊物《参差》。

有了这些藏品，不知道我是不是可以算是一个"毛边党"了。

6. 毛边书阅读记

　　毛边书起源于欧洲中世纪，是那些穿着长袍，留着大胡子，手握鹅毛笔的西方贵族们的偏爱。读毛边书，需手持小刀，边裁边读，这正契合当时有闲阶级的沙龙文化。后来是鲁迅与其弟周作人在日本留学时，爱上这种特殊装订的书籍，从东瀛传到我国。我国的第一本毛边书，公认是周氏兄弟1909年在东京出版的他们第一本译作《域外小说集》。鲁迅在《域外小说集》五款"略例"的第二款中写道："装订均从新式，三面任其本然，不施刀削。"这大概可以算是鲁迅先生对毛边书的定义，或者说是所立的标准。

　　鲁迅先生在给萧军的信中说："我喜欢毛边书，宁可裁，光边书像没有头发的人——和尚或尼姑。"(《鲁迅书信集（下册）》第845页，人民文学出版社，1976年8月）

　　人们为什么喜欢毛边书，不同的人可能有不同的答案。我国著名的藏书家、书话家唐弢就是一位铁杆"毛粉"，他说："我之爱毛边书，只为它美，——一种参差的美，错综的美。"（唐弢《晦庵书话》生活·读书·知新三联书店，2007年7月北京第2版）唐弢先生还对鲁迅先生的说法进行了衍化，他说："我觉得毛边书朴素自然，像天真未凿的少年，憨厚中带些稚气，有一点本色的美。至于参差不齐的毛边，望去如一堆乌云，青丝覆顶，黑发满头，正巧代表着一个人的美好的青春。"（引自《拙的美》一文，见姜明德主编、杨义选编《唐弢书话》北京出版社，1998年1月第1版）唐先生的这些话，可以代表"毛边党人"的共同心声。

当初，西方人设计毛边书时，就是为了在他们阅读时，点着蜡烛，一边喝着咖啡，一边手持小刀，裁一页读一页，享受那种惬意、悠闲和静宁。毛边书还赋予阅读一种庄严的仪式感，一种神圣的意味。所以，你要是把身体蜷缩在沙发上，或者坐着老板椅双脚高跷在桌子上，或者蹲在马桶上，以这种种散漫的姿态阅读毛边书，那不但不相宜，而且大煞风景了。

我阅读毛边书时，通常是在书桌旁，不能说是正襟危坐，也端坐大方，把毛边书展开放在桌上，手持一件自己认为最为方便的裁纸小工具，边裁边读。纸草与墨香混合交融，氤氲缭绕，直入鼻腔，令人愉悦。剖开纸页的沙沙声，在宁静的夜里听来，就如同细雨打在芭蕉上，又像春蚕咀嚼桑叶，细密而温柔。每裁开一张书页，就感觉向作者更靠近了一步，更清楚地听到作者对你的倾诉。也好像自己正勇敢地向秘境进发，似乎要解开一张藏宝图的谜底。这种步步为营、寻幽探微似的阅读体验，简直让人欲罢不能。

我喜欢"一盏孤灯夜读书"。当春，熏风入户，花香阵阵；入夏，清风徐来，萤火点点；至秋，碧空朗月，虫鸣声声；冬夜，风吹雪虐，炉火融融。当此之时，我端坐在书桌前面，一杯香茗，手捧一本朋友赠送的毛边本，书卷负载着朋友浓浓的友谊和幽幽的雅意，朋友敞开心扉，与我聊天，与我对话，我的心在应答，真所谓"书卷传友谊，毛边慰心香"。

用什么工具来阅读毛边书呢？鲁迅先生是"毛边党"的缔造者，当然，我们这些"毛边党徒"都很想知道他老人家是如何读毛边书的，是用什么工具来剖裁毛边的。沈文冲先生对此曾下过一番考据的工夫，但最后的结论颇令"党徒"们失望。他翻阅了几乎所有与这个问题有关的资料，也未寻得蛛丝马迹，他说"鲁迅当年使用的什么样的刀不得考"。这样就给中国文学史，又留下一个不解之谜。

不过我们可以推想，几十年来，鲁迅先生作为"毛边党"的创始人和倡导者，他定然读过大量的毛边书，但他却从没有在自己的文字，或者语言中提及他是用什么工具来读的，我们就不难推定：鲁迅的那些毛边书阅读得很顺利，没有发生什么不快的事情。他用的裁纸刀

（如果是用刀的话）定然是很讲究的。

据说，专门用来读毛边书的裁纸刀，以木制的最好，用紫檀、乌木等名贵红木，或竹子贴黄制作的裁纸刀，光泽柔和，不浮不器，锋芒内敛，有一种沉静优雅的魅力，格外受"毛边党"人的青睐。

我没有这样的好工具。我读的第一本毛边书是钟叔河先生的《小西门集》，此书2011年岳麓书社出版，我从网上购得。书中收录了钟老30年间所写70篇文章，或记人记事，或忆昔述今，或谈民俗说风土，或讲故事发议论，文字清淡而不腻烦，简朴而有文采，温和而有道理。娓娓道来，于细微之处，见人情事理，岁月沧桑。读了如春雨润物，春风拂面。一天晚上，我坐在书桌前，看一页裁一页。别说，还真有一种被后一页的未知感引着走的感觉。有时，竟然像听说书那样，正听到精彩处，说书人突然"啪"一拍惊堂木，一句"欲知事后如何，且听下回分解"，把你的胃口吊得高高的，便不得不停下来，急忙动刀再裁一帖。在整个阅读过程中，也有不完美的地方。所用的裁纸刀过于锋利，它是可以裁一叠纸的，用它裁一张纸，屡屡有裁偏的时

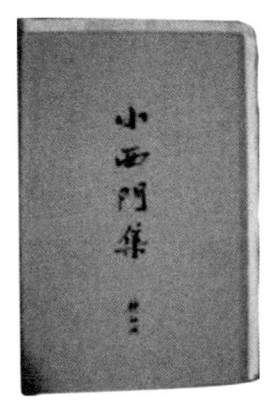

《小西门集》毛边本

候，有时还裁不出毛边来。中途我换了一把水果刀，刃口钝了一些，裁偏的情况没有了，就这样，一晚上360多页的《小西门集》读了近100页。可总感觉手中握着一把水果刀读毛边书，不但有些笨拙，更有失雅致。

后来，我陆续阅读了一些朋友赠给我的毛边书：上海周立民先生的《甘棠之华》、韦泱先生的《纸墨寿于金石》、成都龚明德先生的《有些事，要弄清楚》、桐乡夏春锦的《悦读散记》，还有嘉善子仪的《听风集》、天津罗文华的《每天都与书相遇》，以及陕西任文的《书香夜读》等等。

在阅读这些毛边书的时候，我试用了好几种工具，我曾用书签和名片来裁，其优点是小巧玲珑，名片还可以作书签用；但缺点是，这两种裁毛边的工具有些软，特别是几页连在一起的，有时用书签或者名片就裁不动了，而且反复地使用，很快就会损坏，要不时换新的。书签和名片只适合读纸张薄、页码少的小开本毛边书。

我还使用过图书卡、商店购物的会员卡等。使用起来也不错，可它们多少有点厚，有时裁起来不能一气贯通，有断断续续的情况。

我还使用过参加会议的出席证，特别是那种薄薄的胸卡，里面只是一张小小的硬纸片，外面是塑封，使用起来很顺手。

最令我满意的，也是我用的最多的，是一张航空公司给的 VIP "中国票"卡片。它是长方形的，比名片要小一些，不知是什么金属制作的，金光闪闪。它很坚硬，而且弹性和韧性也很好。更为有利的是，在它的一个边上有几处凸出的小点，形成锯齿状，能裁出毛茸茸的效果。当需要裁的时候，我捏着一个角，把金灿灿的"中国票"插在书页之间，不管是一层，还是多层，稍一用力，或从右到左横着裁，或者从上到下竖着裁，都能一气贯通，留下柔和的毛边，很觉爽利。朋友们赠给我的毛边书，几乎都是用这张"中国票"作裁纸刀读完的。

7. 书赠识家，使之得其所哉

　　近年来为了阅读和研究，经常在网上淘书。在绝大多数情况下，我所需要的书，都能在网上淘到，而且价格也比较便宜。我在网上从来不淘签名本，一则签名本的价格要比普通的高很多，我要的是实用，不是收藏；二则你并不认识某个作者，受赠的人与你也毫不相干，收藏这样的签名本没有什么意思。

　　我从网上也淘到过签名本，都是无意之中淘得的。今年（2016 年）3 月，我浏览三联书店前总编李昕博客时，读到《我眼中的学者杨义》一文。在这篇博文中，李昕讲到杨义勤奋的治学精神、严谨的治学态度和丰硕的学术成果，提到杨义主笔的《中国现代文学图志》。此书我以前听说过，在其问世之初，文学家萧乾就称之为"旷世奇书"，北京大学教授严家炎则认为它代表了一种新的文学史写作范式。在我的印象中，那是一部简明的文学史，2009 年全面修订后由三联出版。现在李昕先生又提到此书，我极想拥有一本这样的好书。于是在孔夫子旧书网上开淘，书还是不少，价格也不一，从

130 元左右到 30 多元。我淘了一本最低价 30 元的，马上下了订单。

当收到书翻看时，令我大吃一惊，原来这是一本作者的题赠本。在书名页的左边靠下部分，竖写着："董××兄惠正 杨义 己丑 端午初过"，并钤有阴文的名章"杨义之印"，在这一页的右下角还有一枚闲章：绘中国文学地图人，这大概是杨义先生的自况。我查了一下，杨义赠书的时间己丑年是 2009 年，"端午初过"，那一年的端午节是 6 月 27 日。这本书的出版时间是 2009 年 5 月。也就是杨义先生拿到样书后不久，就赠出了这本书。

我又查了一下受赠人"董××"，网上显示："中国社会科学院文学研究所研究员，研究日本思想的专家"。因为世界上重名的人很多，受赠人如果真是这个董××的话，那他就是杨义先生社科院文学研究所的同事。

我忘记了此书的上架日期，就按我购买的那一年为上架的年份吧，从杨义赠书到此书在孔夫子网上被卖掉，仅仅是六七年的时间，而且受赠人健在，书不会是亲属散出的。如果杨义先生知道这一情况，不知该做何想。

于是，我在李昕的博文《我眼中的学者杨义》后面的评论中留言："近日，从孔夫子网上购得杨义先生主笔的《中国现代文学图志》，拿到手一看，是杨义先生的题赠本，'己丑端节初过'赠给'某兄惠正'的，不但有杨义的名章，而且钤有'绘中国文学地图人'的闲章。此人我从网上查了一下，也很有名气……"很快李昕回复了两个字"哈哈"，这两个"哈"字里面包含的内容却很丰富。

另一件也发生在今年，这次我知道是签名本，故意买回来，又送给作者的。天津曹式哲先生整理版本目录学家、天津书业名人雷梦辰作品，出版了《津门书肆记》（天津古籍出版社，2014年8月）一书。曹先生知道我与雷梦辰先生有过一段交往，便赠我一册《津门书肆记》，并让我写了一篇评论。我的评论发表在《藏书报》（2016年9月5日）上。一位湖北书友胡先生，看到了我的文章，给我发短信，要曹式哲先生的电话号码，他想从网上购买一本《津门书肆记》，寄给曹式哲先生，请曹先生题款签名。我把曹先生的电话告诉了他。一次曹先生给我打电话时，提到此事，曹先生问我，"我的这本书网上还有卖的吗？"我当时我正在电脑前，刚巧开着孔夫子网的网页，我说："让我看看。"于是我把书名键入，一搜，还不少，有20多个网店和书摊卖这本书。突然，我看到一个签名本，价钱是35元，有照片，是赠给一位女士的。扉页上写着："江××女士 存正 曹式哲（印章）2014年8月28日"。书的上架时间是"2016-01-02"，就是说书赠出去一年半就在"孔夫子旧书网"上出售了。不知是怎样从受赠人手中流出去的，时间太快了。我把此事告诉曹先生，他说，江女士是原来的同事。我说，这样吧，我把书买回来，再寄给你，我委婉地说："你留个纪念吧。"我从电话的这一端，听到曹先生的苦笑，他说："可以写一个段子。"我当即下了订单。

我收到签名本的《津门书肆记》后，拍了张照片作个资料，然后给曹式哲先生寄去。曹先生收到书后，也颇感悲凉，他说："自己好心好意送书给人，也不知对方看了没有，就处理掉了。以后送书要有所选择了。"

英国的大作家萧伯纳也曾遭遇此类事情，他在旧书摊看到一本赠朋友的书，他买下后，又在上次题款的下面写上"谨致新的问候"，把书重新寄给那位朋友。结果不知如何。无独有偶，我国的大作家贾平凹也曾在收废品的那里，看到自己签名送人的书，买回后，题上"再赠×××先生存正"送给那人。我把杨义先生书的遭遇告诉李昕，把网上买下的曹式哲的赠书，再寄给他。并不是想鼓动他们也像萧伯纳、贾平凹那样来个二次赠书，令受赠人尴尬或者反思。

在这里，我不想对书的受赠者说什么，赠书流落到市场，当然有它的原因。我想说的是，对我们普通作者来说，出一本书很不容易，费心血、有时还要费钱财，不要轻易赠人。把书送给不需要的人，即使人家表面恭恭敬敬，双手接受，如果不感兴趣，并不阅读，这样会辜负了这本书。书是有灵魂的，它带着作者思想的温度。书一定送给赏识它的人，要给它找一个好的归宿，切不可明珠投暗。总之一句话：书赠识家，使之得其所哉。

8. 小人书铺里的童年

一天和朋友们相聚聊天，不知是谁先提起，随着新科技的发展，有些原来与我们生活息息相关的行当，现在已经消失，或者正在消失。接着大家颇为留恋地七嘴八舌说出那些已经消失的行当。这个说，锯锅补碗的现在没有了；那个说，箍桶修伞的也不见了；还有的说，修理钢笔的再也找不着了；我说的是，小人书铺绝对没有了。于是大家就把话题集中到小人书铺上，似乎每个人都有一段关于童年与小人书的美好回忆……

虽然我父亲的书橱里有不少的书，但我最早的阅读是从看小人书开始的。在我家附近就有好几个小人书铺，其中以在街口那家规模最大，生意最红火。那是一个很大的房间，因为大，而且四周没有窗子透光，所以里面很暗，白天也要开着电灯。这个地方原来并不是小人书铺，而是一个放映家庭电影的地方。我就在里面看过不少贾别林（卓别林）演的无声电影，什么《贾别林追火车》《贾别林抓小偷》之类。当时墙上挂着一块四方的白布，放映机一开，只看见人的动作，听不到说话的声音，但是仍然被卓别林的滑稽动作所吸引，孩子们不时地发出一阵阵的笑声，有时里面也有大人在看。后来，可能有声电影普及，而且价格也不贵，这个家庭小影院就改成小人书铺了。

小人书铺门脸的玻璃上都贴满了小人书的书皮，另外还用绳子吊着一串串的小人书皮，挂在周围的墙上，那既是广告，又是目录，你可以根据这些书皮，寻找要看的小人书。大房间里，中间是一张窄条的光板木桌，两边放着几条长板凳，坐在木桌旁边的板凳上，你就可以把手放在桌子上看小人书，你如果想看一套小人书的话，可以把它们摆放在桌子上，一本一本地看；如果你带了些糖果，或者瓜子之类的零食，也可以放在桌子上，一边吃一边看。两边靠墙的地方，各有一排板凳，前面靠桌子的位子坐满了，还可以背依着墙，坐在板凳上看，也很舒服。

正对着门，里面靠墙有一个从地面到屋顶的大书架，但这个大书架与普通的书架有所不同，就是它的每层格子的间距很小，连半尺都不到，只能横着放进一本小人书。里面的小人书不是一本本单独放置的，而是放在用硬皮纸做的、简单的封套里，一个封套可能放着同一种的几本小人书，也可能放着几种不同的小人书。封套的脊上用毛笔工工整整写着小人书的书名，方便老板取书和放书。书架的前面是个像现在吧台一样的柜台，老板就站在柜台后面，为我们这些小孩子为主的读者服务。

这家小人书铺的老板40多岁，他虽然没有戴眼镜，也可以看出他是个近视眼，因为他看东西的时候时，都要拿到离眼睛很近的地方。他很和蔼，喜欢和我们这些小孩子聊天、讲小故事，还向我们介绍新的小人书。

当时，看一本小人书一般花一分钱，很厚的才要两分钱，一次看多本，还可以减价，或者再让你白看一本。我经常去这家小人书铺看书，每次总是直接向母亲说，要钱去看小人书，多数情况下母亲都不会拒绝，比要钱买零食吃痛快多了。母亲似乎认为，看小人书也是一种读书学习。

我也确实从小人书里学到不少的知识。我对中国的四大名著之一的《水浒》的了解，就是从在这个小人书铺里看《鲁十回》《林十回》《武十回》那几本小人书开始的。我佩服豪侠仗义的鲁智深，但对他最后出家当了和尚感到惋惜；我佩服林冲高强的武艺，又对他逆来顺受、不敢反抗感到窝囊，直到看到最后火烧草料场，杀死陆谦和富安，在风雪之夜，投奔梁山，才长长地出了一口气，心想，这才是英雄。看了《武十回》，对打虎英雄武松更是佩服得五体投地，他先在景阳冈打死老虎，接着又大闹狮子楼、醉打蒋门神，最后大闹飞云浦、血溅鸳鸯楼，干得一个比一个痛快，但同样不理解为什么他也变成了一个游走四方的和尚。我还不理解这

209

些故事为什么都叫"十回""十回"的。我就问老板,老板很耐心地给我讲解,他告诉我,这些故事都是从一部叫做《水浒》的大书中选出来的,这部大书有很多回,讲水泊梁山一百零八位英雄的故事。其中鲁智深、林冲、武松的故事,各用了十几回来讲,所以称为"某十回"。我当时并不知道《水浒》是部什么书,就问老板是否还有关于《水浒》的小人书,老板又拿出几本来,除了《宋十回》以外,其他几本的名字已经记不得了,而且感觉都没有那几本精彩吸引人。

这个热情的老板还从他的柜台里拿出几张画片,我知道这是一些香烟盒里的画片。老板说这是《水浒》里的人物,画片上的人物很漂亮,有"智多星吴用""青面兽杨志""豹子头林冲"等等。他还说,如果能凑齐一百单八将,可以去兑奖。我和同学、小伙伴们也玩这些画片,其中就有《水浒》上的人物。

我早就开始收集《水浒》人物的画片(当时叫"毛片"),家里没有人吸烟,只得向同学、玩伴们要,或者拿其他的东西,像小弹弓、蛐蛐罐、玻璃球这些小玩意儿,甚至用蜻蜓、知了、螳螂这些小昆虫去换。时间不长,就收集了几十张,我对这些画片爱不释手,每有收获就计算还差多少张能凑齐一百单八将。这些画片上的人物画得线条简单明快,色彩鲜艳,人物栩栩如生。我对这些画片可以说是着了迷,每天做完了功课,除了继续去小人书铺看小人书外，就是自己在家里模仿着画这些梁山泊的人物，画完以后还给他们着色，开始自己留着，后来画多了，就送给要好的同学和玩伴，而且还一本正经地写上"李树德画"。

我对《水浒》人物的绰号非常感兴趣，就背这些人的绰号。有的绰号我明白是什么意思，如林冲叫"豹子头"是因为他生得豹头环眼，鲁智深叫"花和尚"是因为他的一身花绣，史进是因为身上刺了九条龙才叫"九纹龙"，杨志因为脸上有一块青记叫做"青面兽"，刘唐是因为有一绺红头发被叫做"赤发鬼"；但有的就不知道是什么意思了，我不知道朱贵的绰号"旱地忽律"是什么意思。更不知道穆弘、穆春的绰号"没遮拦""小遮拦"是什么意思。尽管不明白意思，还是见一个背一个，后来竟然把一百单八将的绰号都背下来了，而且还以此为能，在同学中显摆。

可以说，从我小学三年级到五年级这三年中，课余的爱好就是看小人书。我几乎把街口那家小人书铺里的水泊梁山的小人书都看遍了，有的还看过不止一遍。有时下午放学，并不直接回家，就背着书包来到小人书铺，问一声："掌柜的，有新的水泊梁山的小人书吗？"那个和善的掌柜的有时小声说："前两天来了一本新的，《三打祝家庄》。"我听了就像吃了糖一样心里甜滋滋的。如果口袋里有钱，把书包往长桌子上一放，就看起来；

如果别人正看着，就等上一会儿；如果没有钱，就回家去要钱。我不光是看图画，而且仔细地读每页下面的文字，有时一句话看不懂，就反复地琢磨，还不时地翻到前面，搞清人物关系和故事前后的脉络。老板更多的时候说"没有新的"，我就怏怏地背着书包回家去了，好像丢了点儿什么。但隔一段时间总会有新出版的《水浒》小人书，像什么《智取生辰纲》《杨志卖刀》《闹江州》《曾头市》等。升入小学六年级，功课重了，家庭作业也多了，而且父亲开始给我买一些童话寓言、民间故事之类的书籍让我阅读，渐渐地不再去小人书铺了。

童年是记忆深处的一颗火种，童年是人生初始的一段阳光。小人书真的像一颗火种，播撒在我的幼小的心田里。是通过看小人书，我知道了《水浒》这部古典名著，并由此了解到我国文学的辉煌灿烂和博大精深；也是通过看小人书，我爱上了文学，我从佩服作者施耐庵的文笔，到偷偷地模仿着也写杀富济贫的英雄故事，到真正对文学有所理解。虽然我后来的专业是外语，但阅读文学书籍和写作成了伴我终生的业余爱好。

童年是滋味甘醇的美酒，让人回味无穷。在我已过"耳顺"之年，回首往事，追忆童年时，可以毫不夸张地说："小人书"就是我童年的那杯滋味甘醇的美酒，是小人书伴着我度过了快乐的童年。

9. 我与《水浒》这部书

　　施耐庵于元末明初创作的《水浒传》(简称《水浒》),是第一部用古白话文写的长篇章回小说,是我国古典文学四大名著之一。想不到,六百多年后,这部书与我个人的经历有了诸多的联系,甚至还影响了我们国家的政治生活。

一、玩毛片儿·看小人书

　　我7岁那年从农村搬到城市,第一年没有上学,整天在院子里和胡同里玩。我发现小伙伴们玩一种叫"毛片儿"的小画片,每张毛片儿上面画着一个穿着戏衣的人物,有的是拿着两把斧子砍杀的武将,有的是拿着扇子的文官,还有拿双刀的女将。我非常喜欢这些画片,就问伙伴们是从哪里买来的。他们告诉我,这些毛片儿不是买的,是烟卷盒里面的,是自己攒的。我回家问父亲,父亲告诉我,那些画片确实是烟卷盒里的,像"大婴孩""红锡包""哈德门"这些牌子的烟卷盒里都有,有"三国人物"，也有"水浒人物"，如果能把"水浒一百单八将"攒齐了，还可以兑奖。这是我第一次听说"水浒"这个名字。

我家没有人抽烟，我就向那些抽烟的叔叔、大爷们要烟卷盒里的毛片儿。有一位本家的叔叔，经常到我家来串门，知道我在攒毛片儿，每次来都给我带几张。他不是痛痛快快、直截了当地给我，而是先要考我一番，让我认上面人物的名字。我在老家上过一年学，认得百八十个字，再加上平时和小伙伴们玩，听他们说这些毛片上人物的名字，所以每次连蒙带唬总能答上一些，什么"及时雨宋江""智多星吴用""入云龙公孙胜""小李广花荣"等，有些不认识的，那位叔叔就教我识字，而且给我讲水泊梁山的故事。我记的，有一次他给我三张毛片儿上的人物都姓"阮"，一个叫小二，一个叫小五，一个叫小七。他不但教会了我"阮"这个字，还告诉我这三个人是亲兄弟，接着给我讲了他们三人跟着晁盖、吴用"智取生辰纲"的故事。我从那位叔叔那里知道了武松能喝十八碗酒，用拳头打死老虎；鲁智深抱打不平，三拳打死一个卖猪肉的坏人。他还告诉我，这些人物和故事都是一本叫作《水浒》的大书里面的。从此，《水浒》这个书名就深深地印在我的脑海里。

听了这些故事，我对积攒水浒人物毛片儿的兴趣更

水浒烟画

大了，同时我还用心背那些人物的外号，什么"旱地忽律朱贵""火眼狻猊邓飞"，什么"没遮拦穆弘""小遮拦穆春"，我并不知道那些外号的意思，但还是把它们死记硬背下来。

进入小学后，父母每天给我早点钱，我常常不喝豆腐脑、锅巴菜之类，只啃从家里带的冷馒头，用省下的钱到小人书铺去看《水浒》小人书。我看的第一本《水浒》小人书是《武十回》，这本小人书很厚，大约有200多页，从武松景阳冈打虎讲起，接着是狮子楼杀西门庆为兄报仇，再到醉打蒋门神、大闹飞云浦、血溅鸳鸯楼，最后在十字坡打店，结交孙二娘，乔装成行者为止。后来又看了《鲁十回》《林十回》《宋十回》等，借助小人书的图画和从玩毛片儿得来的知识，再加上每页下面似懂非懂的文字讲解，我基本能明白故事情节，也能随着故事情节的发展而喜怒哀乐。当看到林冲的妻子被高衙内欺负，而林冲却不敢发作，忍声吞气时，感到憋气；当看到火烧草料场，在山神庙飞雪之中，杀死陆谦和富安，夜奔梁山时，才长长地舒了一口气，感到痛快。

当时我不明白，这些小人书为什么不叫《水浒》或者水泊梁山，而都叫什么"十回"，我就问小人书铺的掌柜的；他告诉我，小人书的故事取自一个叫施耐庵的人写的《水浒》那本书，书里有很多的"回"，其中讲武松、鲁智深等人的故事，在书中占十回之多，所以叫做"某十回"。《水浒》这部书我早已知道，我又知道了它的作者叫施耐庵。

20世纪五六十年代，人民美术出版社出版了一套《水浒》连环画，共26本，什么《九纹龙史进》《智取生辰纲》《三打祝家庄》《大名府》《高唐州》等，每出一册，我不但要去小人书铺看，而且还自己买来反复地看。通过看小人书，我知道了《水浒》里面的许许多多故事情节，还能背下一百单八将大部分人的绰号，知道他们的出身来历，他们是哪个山头的，以及与他们相关的故事。毫不夸张地说，这些《水浒》故事的小人书，成了我最早的文学启蒙教材。

二、读小说·讲故事

1959 年我考入中学。我从学校借的第一本古典小说就是《水浒》。每个英雄人物出场，都有形象的描写，尽管有的地方我似懂非懂，但从烟画和小人书中获得的那些英雄形象，就浮现在我的眼前，加深了我对人物的理解。我并没有费多大的功夫，就把《水浒》读完了，而且不只读了一遍。

在一次语文课上，听老师讲，我们现在读的《水浒》实际并不是全文，是经过一个叫金圣叹的人删减了的。施耐庵的《水浒》原来共一百二十回。金圣叹只选留了前七十一回，把七十一回以后的内容都删掉了。现在读的多是金圣叹的删节本。我听后大吃一惊，有一种被欺骗的感觉，痛恨金圣叹为什么要把那么多内容给删除。非常想找到一百二十回的《水浒》来读，看个究竟，但一直也没有找到。

我上高中二年级时，母亲因病卧床。每天，母亲勉强为我们做两顿饭，大部分时间是在床上躺着休息。无聊时，她就从抽屉里找出我买的那十几本《水浒》小人书，翻来覆去地看着解闷。

一天，母亲问我，是不是还有其他的有关水泊梁山的小人书，她说，挺有意思的。我说小人书就这十几本，但我可以从学校借《水浒》小说。母亲说，她认字不多，怕看不懂，而且读小说也费心。我突然灵机一动，对母亲说："娘，我给你讲水泊梁山的故事吧。"母亲听了很高兴，说："那当然好。"

我白天在学校抓紧时间把作业完成，晚饭后不再看闲书，就到父母的房间，母亲依着床头，半坐半躺，我开始给她讲《水浒》故事。离我家不远，有一个叫做"新三不管"的地方，那里有撂地摊打把式卖艺的、变戏法的，也有说书唱戏的。星期天我常和同学、伙伴去那里玩，我特别喜欢听说书，有时一听就是半天，也了解了一点说书的门道。于是我就模仿那些说书人，讲故事时添枝加叶，不轻易地把最精彩的情节端出来。所以我给母亲讲得很慢，一个晚上也只讲一回，例如，讲第一回"王教头私走延安府　九纹龙大闹史家村"时，讲高俅在端王府踢球的那个情节，便根据我和同学们踢足球的经验，添油加醋，讲了一大段。我原来以为，自己很熟悉《水浒》的故事，但一给别人讲，发现很多故事情节都连贯不起来。于是，我又从学校里借来《水浒》，白天抽时间把晚上要讲的那部分先读一两遍，再把故事情节在脑子里过一遍；有时候还要在纸上写画画，如讲"林教头风雪山神庙　陆虞候火烧草料场"一段，我就在纸上写下"李小二夫妻——东京来人——管营、拨差——大军草料场——酒葫芦……"这些关键词，就像老师备课一样，白天准备晚上讲，这样讲得越来越顺畅。后来，父亲和二弟晚上也不做其他的事情，跟着母亲一起听我说书讲故事。我还没有把一部《水浒》讲完，母亲的病就好了。母亲向邻居和亲友们提起我每天晚上给她讲《水浒》的事情，邻居和亲友都夸赞我孝顺，有一个亲戚把我比作"老莱子"，说可以入"二十四孝"。我当时不知道是什么意思，后来知道了二十四孝中的"老莱娱亲"的故事：七十岁的老莱子，扮作婴儿在地上打滚，假装啼哭，让父母开心。我觉得这孝名来得太容易了，人人都可以做孝子。父亲则对我说："你说书说得挺好，将来可以当教员。"不料想，父亲的话说中了，我当了一辈子的教师。给母亲讲《水浒》故事，成了我当教师的"实习"。

三、读原本·"评《水浒》"

直到上了大学，我才有机会读到一百二十回的《水浒》。读完一百二十回的《水浒》以后，我不再恨金圣叹腰斩《水浒》了，反而觉得金圣叹做得好。金圣叹把《水浒》的第七十一回后的四十九回删掉，把第一回改为"楔子"，留下后面的七十回，到梁山泊排座次大团圆为止，是有道理的。后面四十九回讲的是征辽国、平田虎、平王庆、平方腊四个互不关联的故事，不但在情节上与前面毫不相干，而且主题也不一致，好像在人的脸上又硬贴上几块肉，不但没有增美，反而使人变丑。

1969 年我大学毕业，被分配到河北省一个偏远小县，我是带着《水浒》这本书，去工厂接受"再教育"的。后来，我又被"再分配"到一个国办高中教英语，时间充裕了，《水浒》成了我最重要的枕边书。

1975 年夏秋之交，纷乱的中国大地上，又突然冒出一场"评《水浒》运动"。把古典小说中的一个虚构的人物宋江揪出来批判，说他"摒晁盖于一〇八人之外。宋江投降，搞修正主义，把晁的聚义厅改为忠义堂，让人招安了"。这绝不是学术讨论，有很深刻的政治目的，又是一次"伟大的战略部署"。学校虽然没有停课，但占用大量教学时间，让师生学习《人民日报》评论员的文章《重视对〈水浒〉的评论》和竺方明的文章《评〈水浒〉》。在教师的讨论会上，要求每个人都要发言，谈感想、体会、心得。我因为对《水浒》故事情节熟悉，引用《水浒》中的具体的事例，来证明宋江如何"摒晁盖于一〇八人之外""架空晁盖"。我举出"三打祝家庄"，晁盖要"亲领军马去洗荡那个村坊，不要输了锐气！"而宋江以"只是哥哥山寨之主，岂可轻动？小可不才，亲领一支军马，启请几位贤弟们下山去打祝家庄"。最后宋江得胜而归。第五十一回，晁盖要亲领兵马攻打高唐州救小旋风柴进，宋江又说："哥哥是山寨之主，如何可便轻动？"宋江自到山寨后，凡梁山兴师建功，他都用"山寨之主，不可轻动"遮饰，不许晁盖下山。直到最后，晁盖坚持一定要亲自去打曾头市，这次宋江不得不应允，面对"曾家五虎"和史文恭、苏定这样的劲敌，晁盖并没有率梁山最精锐的将领，所点的二十个头领如林冲、刘唐、阮小二、阮小五、阮小七、白胜、杜迁、宋万等，基本是跟他黄泥岗劫生辰纲的老班底，更为主要的是，军师智多星吴用、入云龙公孙胜都没有跟随，致使晁盖中计，被史文恭一箭射在脸上，不治而亡。我的发言，不是重复报纸上干巴巴的东西，人们觉得有意思，学校就推荐我到全县召开的"评《水浒》"大会上去发言。我本不想去，但学校领导做工作说，这是代表学校，是为学校争光，于是我就答应了。他还给了我一套上中下三册的、一百二十回的《水浒传》。这套书是为搞运动刚出版的，分发给单位做批判用的。全县"评《水浒》，批宋江"大会有两千多人参加，我被安排第一个发言，反映不错。大会结束后，县里要我准备到地区去讲，还要求我给各级的党报写评《水浒》的文章。我知道这要培养我当"典型"，我不想当这样的"典型"，就借口不是党员，不宜参加地区的大会。上面只得另派别人，但还是要我写文章。我写了一篇文章，发表在地区的党报上。文章题目是《从〈水浒〉人物绰号看作者反动立场》。文章说，作者出于反动的阶级立场，在为《水浒》人物起绰号时，凡是反动王朝的武将、官吏都起一个很美的绰号，如玉麒麟卢俊义、美髯公朱仝、神火将军魏定国，圣水将军单廷珪、金枪手徐宁、双枪将董平等，而对劳动人民出身的头领，所起绰号多是"蛇""蝎""鼠""鬼"之类，如，刘唐绰号是"赤发鬼"，阮小五是"短命二郎"，阮小七是"活阎罗"，白胜是"白日鼠"；两位猎户兄弟，一个是"两头蛇"，另一个是"双尾蝎"，一百单八将中唯一的农民陶宗旺的绰号是"九尾龟"。三位女头领，出生富豪之家的小姐扈三娘的绰号是"一丈青"，而两位出自贫苦之家的孙二娘是"母夜叉"，顾大嫂是"母大虫"。假期回家，我给母亲读了我的文章，母亲说："讲得不对"，她的理由是，杨志不也是出身官家吗，而且还是杨老令公的孙子，他的绰号是"青面兽"，一点也不好听。母亲一针见血地指出我文章的谬误。

1976 年 4 月 5 日，北京发生"天安门事件"，新的"批邓反击右倾翻案风"的运动，代替了"评《水浒》"运动。那年的 9 月，随着毛泽东的去世，"评《水浒》"运动也就彻底偃旗息鼓了。但我与《水浒》这部书的关系并没有完结。我一直喜欢这部书，后来从我任教的大学图书馆里，借到金圣叹的"贯华堂第五才子书《水浒传》"，读过之后，我深深佩服金圣叹的才情和机敏。又借了《会评本水浒传》来读，对《水浒》的写作技巧和语言特色也有了了解，由此进一步阅读了一些对《水浒》的研究著作，以及《水浒》衍生的作品，如《水浒后传》《荡寇志》等。

　　多年来，《水浒》一直是我的枕边书，休闲的时候就翻看一两个章节或片段。去年，我应一家报纸之约，写一篇关于童年生活的文章，我写到童年玩《水浒》烟画的情节，激起了我的怀旧的心情，从孔夫子网上购买了几十张旧的《水浒》烟画，重温了一次童年的旧梦。

10. 还与不还，决不讨要

　　莎士比亚在《哈姆雷特》中说："不要借钱给别人，你不仅可能失去金钱，还可能失去朋友。"有人把莎翁的这句名言中的"钱"改为"书"，就成了"不要借书给别人，你不仅可能失去书籍，还可能失去朋友。"这句话仍然很实际。

　　人们常说"讨债容易讨书难。"对于讨债，人们是认同的，也是支持的。"杀人偿命，欠债还钱"，这是亘古以来的信条。但对于讨书，人们的态度就不一样了，很多人就大不以为然，经常听到的一句话是"不就是一本书嘛"。对不守信用，借书不还的人不但不谴责，反而表示同情，倒是觉得那个讨书的人太小气，太吝啬，太刻薄。更有甚者，援引孔乙己的例子，说什么"偷书都不算偷，借书不还算什么"。所以，向借书不还的人讨书，是要鼓起很大的勇气，硬着头皮，厚着脸皮，冒着被指责为"小气鬼"的风险的。

　　如果借书者，确实是忘记了，或者还没有看完，能够顺利地、不伤和气地把书讨回来，那是一件皆大欢喜的事情。但事情往往不是这样。有的人会矢口否认说，从来也没有借过你的书，那口气之肯定，那态度之坚决，迫使你不得不承认是自己记错了，还要说些道歉的话，灰溜溜地离开，自认倒霉，书也就从此消失了，尽管你记得清清楚楚，他是在什么时候，什么场合借去的，借书的时候他还信誓旦旦地说过一定要归还。你与他的友谊，可能因为这件事情而大打折扣。

还有更为糟糕的，当你向他讨书的时候，他会马上翻脸，好像你污蔑他是小偷一样。虽然你最后也被迫说了"记错"的话，并表示了歉意，他还是不依不饶，非要让你为他平反昭雪不可。你与他的关系，当然就此结束了。下次见面，你想与他搭讪，人家可能仰头而过，对你连眼皮也不撩。这就是莎士比亚所说的"人书两空"。

我就经历过这样的一件事情。我有一位同事，姑且称之为某甲，我们关系一直不错，相互串门、聊天，在教学上也常互相切磋。一次他到我家，在我的书橱里看到一本林语堂翻译的《浮生六记》(沈复原著)，那也不是什么稀罕的书，是个大路货，现在从网上也能够买到。我是因为要写一篇研究林语堂翻译技巧的论文，才买了这本书，书中有我使用时圈圈点点的痕迹。我们聊到翻译理论和技巧时，我提到林语堂翻译的《浮生六记》中的一些精妙之处。我拿出那本书，给同事看，他翻了翻，就说："能借给我吗？我读一读，说不定也能写点东西。"这样，我就把林译《浮生六记》借给了这位某甲同事。

转眼书借出两年多了，某甲一直也没有还，因为我也没有再使用，所以一直也没有讨要，我天真地认为，什么时候用，就可以讨回来。一天，我的另一位同事某乙来我家中，对我说：他最近在写一篇翻译方面的论文，从网上搜到我曾经写过一篇评论林语堂翻译的技巧的论文，想借我的林译《浮生六记》参考一下。但我告诉他，那本书我借给某甲了，等我要回来再借给他。

这正是讨回那本林译《浮生六记》的契机。第二天，我到某甲的办公室找他，把某乙找我借《浮生六记》的事情告诉他，他没有接我的话茬。我只好直截了当地说："你借的我那本《浮生六记》如果看完就还给我，我再借给某乙。"某甲听了我的话，瞪了我几秒钟，反问道："我什么时候借过你的书？"我情知不妙，他可能忘了，得提醒一下。我便慢慢地讲两年多以前的什么时候、什么情况下借的书。他没等我讲完，就斩钉截铁地说："没有的事，我是去你家串过门，但从来没有从你那儿借过任何东西。"我一时语塞，不知如何是好。某甲倒很体贴，给了我一个台阶："你可能记错人了，你回去再想想。"我只好借坡下驴，悻悻地离开某甲办公室。我有写日记的习惯，回来查两年前的日记，果然有某甲借《浮生六记》一书的记载。但我不能拿我的日记作证据，再去讨书，如果他还不承认，我们的关系就会搞僵。也不是什么重要的东西，就此作罢吧。

真是无巧不成书。几天后我因事到同事某丙家中，他的书桌上放着一本林译《浮生六记》，我眼睛一亮，心跳也加快了。我拿起那本书，翻了翻。啊，就是我的那本，里面还有我点点划划的地方。我装作漫不经心的样子说："林语堂的翻译，别具一格，有自己独到之处。"说了这句铺垫的话，我接着问："你从哪里买的这本书？"某丙说："这本书不是我的，是从某甲那儿借的。"我接着他的话，问道："借了多长时间了？"回答："借了两年多了，也该还了。"我明白了，某甲从我那里借了书，他甚至看都没看，就转借出去了。某丙看我问的蹊跷，就问我："怎么了？"我真想把我与某甲前两天发生的事情告诉他，但话到嘴边又咽了回去，我用其他的话岔开了。

接下来，该怎么办，经过反复考虑，我最后决定，把在某丙家发现了我那本书，某丙说是从他那儿借来的这件事，原原本本地告诉了某甲，某甲当时只说了句："真的吗？"此后不久的一个上午，我离开办公室外出，没有锁门，回来后，发现我的办公桌上摆着那本林语堂翻译的《浮生六记》。至今我也不知道，是谁把书放在那儿的，更奇怪的是，与这本书有关系的另外两个人，谁也没有向我提起这本书。但是我与这两位同事的关系，从此变得生分了。

这件事后，我给自己定了规矩：第一，书尽量不外借；第二，一旦借出，还与不还，决不讨要。

11.《牛虻》伴我走出人生低谷

我是从大学宿舍楼的一间小屋里找到它的，以后一直携带着它，几十年已经过去了。几十年来，物换星移，我从风华正茂的青年成为两鬓斑斑的老人。它伴着我走过茫茫的荒原，它伴着我住过土坯的窑洞，它伴着我从农村、工厂、中学，一直走入高等学府……它始终如一、不离不弃地伴随在我的身边，犹如寒夜里的一盏豆火，飘忽、摇曳，却总能把我孤身天涯的倦困驱散，将凝结心窝的凄寒温暖。

我是在一个极其特殊的环境下读到小说《牛虻》的。1969 年 11 月，我们这届的大学毕业生都分配了，我因有"问题"没搞清被"缓配"。偌大的校园冷冷清清，除了几个单身老师和工宣队员，就是几个"缓配"的学生。每天除了写检查就是吃饭睡觉，我感到巨大的精神压力。

我住的楼的一层放杂物的小屋里，堆着"破四旧"从老师家中抄来的书。一天夜里，我进入小屋，看到地上堆满文学书籍，有巴金的《家》《憩园》《雾·

雨·电》，茅盾的《虹》《腐蚀》，还有《忏悔录》《约翰·克里斯多夫》《基度山伯爵》……我从中捡到这本《牛虻》。我几乎是一口气把它读完。小说里的一些的情节，激荡着我的心，令我深受感动，几次流下热泪。小说的主人公亚瑟因幼稚、轻信而被欺骗，透露了他们革命的行动和战友的秘密，以致他连同战友一起被捕入狱。在狱中，他知道了真相。出狱时，她的恋人琼玛来接他，亚瑟十分懊悔和痛苦，他诚实地对琼玛说出真相，承担责任。他还没来得及做详细的解释，琼玛就慢慢地从他身边挪开，站在一旁一动不动，睁大了眼睛，眸子里闪着恐惧的光。此时的亚瑟还沉浸在自己的悔恨中，看到琼玛的表情，他才知道她误解了，他想要解释。下面是小说中的一段精彩的描写：

"琼玛，你不明白！"他想贴近琼玛，但她惊叫着挣脱了。

"不要碰我！"

亚瑟粗暴地抓住她的右手。

"看上帝份上，听我说！这绝不是我的错，我……"

"放开，放开我的手！快放开！"

她喊叫着把手挣脱出来，随即打了他一耳光。

他忽然感到一阵眩晕，眼前一片迷茫，瞬间，在他脑海里，只有琼玛那张惨白、失望的脸和她一直在衣裙上擦来擦去的手，别的都模糊了。待到眼前迷雾散去，目光再现，打量周围，发现自己形影相吊，孑然一身。

这一小段，我反反复复地读过多次，都能背下来了。人生中最令人痛苦的纠结状态，莫过于被最亲爱的人误解。在那样的年代，那些内在真诚的人们必然是孤独的。

就在两周前，那位从中学到大学一直和我同学的美丽姑娘，约我到校外，我们又一次到那条相会过多次的小河边散步。因为对一些事情看法的分歧和某些误解，我们就在这条开始爱情的小河边分手了。

我带着《牛虻》走出校门，走向社会。在以后漫长的岁月里，我又一次一次地阅读它，每读一次，总有一种新的感受。牛虻一生曲折坎坷，在他饱受压抑和摧残后，背叛了他曾经笃信的上帝，投入了火热的革命斗争，锤炼成一个为民族统一和独立而忘我的革命者。在残酷的革命斗争中，牛虻成熟了，坚强了。随着牛虻的成熟，我也成熟了，我不再耿耿于自己的私情，那些曾经感动得我流下热泪的情节，渐渐地变得不那么重要。我不再期望与那个姑娘言归于好，而在新的环境中，找到了真爱。

牛虻对人民的热爱、对敌人的憎恨、对朋友的坦诚、对爱情的忠贞、对死亡的蔑视，永远是我们可以借鉴的楷模。我曾经在异常阴冷的寒夜中阅读《牛虻》，当手指在一张张书页上轻轻滑过，一种温馨便传遍全身，心中感到暖洋洋的，得到巨大的精神滋养。《牛虻》让你思考，使我从迷茫变得清醒。在遭受挫折和打击时，只要想起牛虻说过的一句话，眼前便豁然开朗，乌云消散变为晴空。是《牛虻》鼓舞了我，是《牛虻》给了我面对挫折的勇气，是《牛虻》陪伴我度过那个阴冷的冬天，并一次次拽着我走出人生的低谷。

几十年来，我床头放着那本《牛虻》，印着牛虻肖像的封面，已经破碎不堪，换了好几个封皮。但这丝毫不影响我对它阅读的兴趣，反而多了几许老朋友般的熟悉和亲近。有时入睡前，随意读上几页，或是猛然想起其中某一段，急忙翻到，细细品味，每次总能获得新的感悟和体会，然后，在心绪宁静中安然入睡。

人的一生，能遭遇到一部好书的指引，无异多了一位良师益友，是幸运，也是幸福。《牛虻》于我，便是如此。

12. 因书结缘，缘悭一面

　　漆侠教授是我国著名的历史学家，由于他对宋史研究的卓越成就，人们称他为宋学泰斗。他是河北大学教授和博士生导师。漆侠教授的大名，我早就听说了，虽然我们同在河北省的高校工作，但因为专业不同，我未曾想过与漆侠教授会有什么交往。

　　但是，偶尔得到的一本书使我与他结缘。1995 年夏天，我校附近兼营旧书的"随缘书店"的老板小李给我打来电话说，最近书店进了一批旧书，让我抽时间去看看。第二天我就去了。小李告诉我，有人要搬家，处理旧书，他不想论斤卖废品，就通过朋友找到他，论本卖给了他。我从一堆旧书里挑了二十多本，都是文学和历史书籍，绝大部分是"文化大革命"前出版的。

　　晚上，我在灯下一本本地翻看这批旧书，当翻到一本范文澜著，1958 年人民出版社出版的《中国通史简编（修订本第二编）》时，发现书的扉页上有用钢笔写的"漆侠"二字，虽然没有写日期，但可以推定，是漆侠购书时写下的名字，表示是私人藏书。

我知道漆侠在"文化大革命"中倍受煎熬，1966年的4月，全国的高校还没有"停课闹革命"，他就因为"让步政策"问题，被《光明日报》《天津日报》点名批判，被打成"三反分子"和"反动学术权威"；同年8月被抄家。他从学生时代积累起来的卡片资料，包括宋代经济方面的资料在内，约300多万字，以及其他没有发表过的文稿、图书等都被抄走了。这本书可能就是那个时候流落出来的。

这本书虽然不是什么稀有之物，但那是教授的私人藏书，哪个做学问的人不心疼自己的书籍？这本书无论是通过什么渠道流散出来，现在应该让它完璧归赵。我想让这本书再回到漆侠教授的手中。

与漆侠教授取得联系并不难，我校历史系的教师中就有河北大学的毕业生，而且正是漆侠教授的亲传弟子，从这位同事那里我知道了漆侠教授的电话。当我拨通他家电话时，接电话的正是漆侠教授本人。我先自报家门，然后说起那本书的事情，漆侠教授肯定地说，那本书就是他的，并讲了购书的时间和地点，他说那书是"文化大革命"中，和他的其他许许多多书籍一起被抄走的，"文化大革命"后退还回来的不足十之一二。我对他丢失这么多好书，感到惋惜。漆教授听到这里，在电话的另一端发出笑声，说："'文化大革命'中没有丢命就是万幸，丢书算什么。"我看不到教授的表情，但我知道那笑声是自我宽慰的笑，是自我解嘲的笑，是含着泪水的笑。

当我提到要把书还给他，漆侠教授以不容商议的口吻说："不必，不必，我已经有那本书了。你既然买了那本书，你一定喜欢。"我表示要把书给寄给他，或托人带去，漆侠教授说："千万别麻烦，书就等于我送给你了，也等于你还给我了。"话说到这个份上，我不好再说什么，只好说"谢谢漆教授了"。他接口说："谢什么，书本来就是你的。"说完，他又笑了。接着，他问我教的什么专业，上的什么大学，当我说是天津外国语学院毕业时，漆教授说，那我们更近了，现在你们学校的校址就是原来我们的河北大学。他又提到一些外国语学院的熟人，其中有的还是我的老师。就这样，我们第一次通话就聊了半个多小时。在通话的最后，漆侠教授说："我失散的很多书上，都有我的名字，有的还盖了图章，但只有你想把书再给我。"听了这话，我心中充满了喜悦。

遵照漆侠教授的意思，没有把书寄给他，我一直收藏着。但我与漆侠教授却因书而结缘，并且"一聊如故"。他并不把我当作晚生后辈，而是当作朋友。从那以后，过年、过节我就主动给他打个电话聊一聊，而且我们的话题越来越多，从河北省高校的教学、科研，到评定职称、福利待遇，无所不谈，有时还相互通个信息。漆教授有时兴之所至，会直率地抨击时弊、臧否人物。他的一些真知灼见，听来让我动容。保定与廊坊相距不到 200 公里，我总想找机会去拜访一下漆侠教授，但一直未能如愿。从 1995 年到 2001 年先生去世，在我与先生交往的几年里，始终缘悭一面，这成了我终生的遗憾。

13. 一个签名本引出的故事

2013 年 1 月放寒假，我从温州回到廊坊家中，一天整理旧书，偶然发现一本只有 70 页的薄薄的小册子。这是一本"白皮书"，封皮是白色，上下左右沿着边界的红线条构成一个红框框。书名分两行，上面是小字号的"苏联大百科全书选译"几个字，底下还有一条红色的下划线，下划线两端细，中间粗；下面是大字号的"高尔基"三个字。底部是"人民出版社"。这些都是黑色印刷，而且都是繁体字。这本书实际上是"苏联大百科全书"的一个条目的译文。书名页上除了封面上的内容外，增加了两位著者：米哈依洛夫斯基、贝尔金娜，但没有译者名字，有出版的年份：一九五四年。在封底的左下角有"译者：之远"字样。当时还没有推行简体字，书的内文是从右向左竖排的繁体字。

书名页靠左边上有这样两行钢笔字："殷涵兄教正 臧传真 五四、三、卅"，还钤有"臧传真"的印鉴。从这个签名来看，似乎臧传真就是译者，他把自己的翻译作品赠给朋友殷涵。但封底上标的译者是"之远"，两

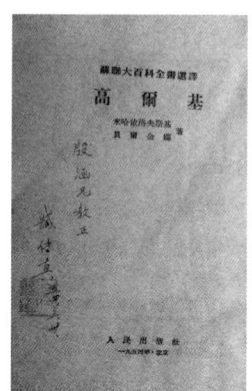

《高尔基》书影

者是同一个人吗?

我出于好奇,在网上开始搜索,先键入关键词"臧传真",在"百度百科"里有如下的资料:

臧传真,教授,男,1923年11月生,河南省确山县人,汉族。主修俄语、英语。

1947年毕业于西北大学文学院。曾任兰州大学讲师、武汉大学副教授、山东大学外文系副主任兼教研室主任、《文史哲》杂志编委。

1962年调入南开大学,任外文系副教授。1980年转到中文系,任世界文学专业研究生(硕士生)导师、教授,现已退休。

通晓俄语及英语,熟悉古代汉语及文学。长期从事"外国语言""外国文学""翻译学"及"语言学"的教学及研究工作。

主要著作及翻译有：《苏联文学史略》(1986)、《语言学中的哲学问题》(1956)、《盲音乐家》(1956)、《高尔基文集》(合译，1983)、《三幅画像》(1985)、《莫里哀传》(合译，1985)、《古希腊戏剧史》(合译，1989)、《幸福》(1995)、《上尉的女儿》(1996)、《春潮》(1998)、《父与子》(1998)、《猎人笔记》(1999)等。另外，曾发表论文多篇。

2002年中国翻译协会授予"资深翻译家"荣誉称号。

这个资料够全面的了，但其中并没有提到他翻译的《高尔基》。我根据里面的一个重要线索，即1962年调入南开大学，任外文系副教授，1980年转到中文系。我有一位在南开大学任教的朋友汪先生，我想通过他，有可能找到这位臧教授，直接向他本人请教是最为理想的。

1月24日，我给朋友汪先生发了一个电子邮件。请他了解一下如何与臧教授取得联系。

4天后的28日，汪教授就给我发来电邮，告诉我臧教授的电话号码和家庭地址。汪教授还说，因为臧教授退休多年了，而且学校人员变化很大，住处也发生了变化。他给南开大学有关的七八个人打了电话，最后才了解清楚。

我当即拨通了臧教授家的电话，接电话的正是臧教授本人。我首先自报家门，说明我是从南开大学有关人士那里得到他的电话号码。老先生笑着说："我今年已经九十岁了，退休多年，参加学校活动也很少，学校认识我的人越来越少了。"然后，我说明打扰先生的原因，就直接向臧教授提出了我的问题，请他证实一下。臧教授给予肯定的答复：那本书是他翻译的，他的名字是传真，笔名是之远。他说他一共翻译了4本书，除了这本《高尔基》外，还有《拜伦》《歌德》和《果戈理》。都是《苏联大百科全书》的词条。至于他赠送别人的书，现在记忆不清了，也许看到原件，可以回忆起来。因为是第一次交流。我没有多问其他问题，我说："我把书籍和您签名的复印件寄给您，请您回忆一下。"臧教授很爽快地说："好的。"

虽然只是通过电话交谈，就可以知道老先生尽管是九十岁高龄，但身体很健康。首先，我讲话并没有特别地提高声音，他能听得清楚，应答敏捷。老先生讲话声音不高，语调平缓，发音清楚，与他通电话，没有一点障碍。其次，他仍然坚持着工作，他告诉我，他的两部翻译作品很快就要在台湾出版，出版后要赠我。我听了非常感动。

第二天，我给臧教授写了一封信，请他介绍一下当年翻译苏联大百科全书的具体情况，以及他题赠的殷涵先生的情况；我把原书的封面、有臧教授签名的书名页拍照后打印出来；又把我翻译的散文集《助你成才》奉上一册，请老先生指教。三样东西用快递同时给他寄去。

三天后的2月1日，臧教授给我打来电话，说已经收到我的快件，对我提的问题，他回忆了一下，做如下答复：

1953年，我从武汉大学调到北京的高教部工作，准备让我到山东大学组建俄语教研室，我在北京待了一个暑假。当时的人民出版社根据胡乔木同志的指示，正组织翻译"苏联大百科全书"的条目。人民出版社的一位编辑是我原来武汉大学的同事，他知道我的俄语和英语都可以，就向出版社推荐我参加翻译工作。不久出版社就派人来找我，让我参加翻译工作。并说这项翻译工作是中央宣传部交给出版社的任务。我前后共翻译了四个条目，出版了四本书：除《高尔基》外，尚有《果戈理》、《拜伦》和《歌德》，都是从俄语翻译成汉语。整个工作，一共翻译了大约六十个条目，也就是出版了六十多本小册子。后来东欧罗马尼亚的一个歌舞团到北京演出，组织上抽调我去翻译讲话稿之类的东西，书籍的翻译就中断了。接着就到山东青岛组建山东大学的俄语教研室，离开了北京，我的这项翻译任务也就终止了。

我赠书的殷涵是我的朋友，他从哈尔滨外国语学院毕业，没有工作，让我给他介绍工作，我曾介绍他到南方某校任教，他没有去，后来到天津师范大学，又到河北大学，听说最后进入作家协会，专门从事翻译工作。1953年他到青岛旅游，我们还见过一面。再以后，特别是反右派运动后，就没有联系了。

最后，臧教授说，这是收到我的信后，又看了我寄去的书影、签名的打印件，回忆起来的内容。翻译那些书到现在有六七十年了，有些细节可能记忆有误，还要回忆一下，再给我写一信，以文字的内容为准。

农历腊月二十七（2月7日），我就收到了臧教授写于2月4日的信件，信写得很规范、很工整，从字迹看不出是一位高龄老人写的，落笔稳健，没有一丝握笔的手颤抖而在纸上留下的划痕。信的内容与他电话里讲的情况完全一致。

我收到信后，立即给臧教授写了回信，表示感谢，并提前向臧教授拜年。在信中特别注明请臧教授不必回信。我估计我的这封信臧教授要在春节后才能收到。果然，春节后的正月十二（2月21日），臧教授给我打来电话，说信收到，过了元宵节再给我写信，寄到温州我的学校，聊一聊20世纪50年代初翻译界的情况。在这次电话中，臧教授还对他的笔名的由来做了重要的补充。他说，当时翻译苏联大百科全书的条目，是作为一项政治任务来完成的。书籍出版不署译者个人的真实姓名，要署笔名。在一次与他人的聊天中，谈到宋朝的范仲淹的《岳阳楼记》，其中有"处江湖之远，则忧其君"之句，就信手拈来，用"之远"做了自己的笔名。臧教授最后说，电话可以做些浮泛的、不需要太多的思考的交流，如果就学术问题进行深入的交流，还是书信好。我也非常同意臧教授的观点。

在这不到一个月的时间里，经过我们几次电话和书信的来往。臧教授已经把我这个晚辈当成可以随意聊天朋友了。

通过这个签名本，我结识了一位翻译界的老前辈。这也是我这个寒假的一项意外的收获。

14. "文学丛刊"：阅读—收藏—研究

　　还没有上初中，我就从父亲的书橱里找自己喜欢的书来读。我清楚地记得，最早读的是一本厚厚的小说《家》，之所以选这本书，一是书的封面上有一个大大的红方块，里面印着一个大大的、白色的"家"字，跟我见过所有书的封面都不一样，感到很奇特，也很好玩；二是我想谁还没有一个"家"呢，他的"家"里能有什么有趣的故事。抱着这两种好奇的心情，我开始读《家》。一读就放不下了，书中几个女性的悲惨故事——恋着三少爷的丫环鸣凤被送给一个糟老头子，为了摆脱折磨和蹂躏，她投湖自杀；因为高老太爷的干预，觉新和梅一对恋人被分开；瑞珏被赶到郊外潮湿的小屋去生产，躺在床上声嘶力竭地发出凄厉的喊叫，临死也没有见到丈夫和孩子——激起我对那个大家庭的憎恨。读到那些情节，我情不自禁地流下眼泪。从此，我记住巴金这位作家的名字。

　　读过《家》之后，我又从父亲书橱里找出两本巴金的书：《砂丁》和《忆》。《砂丁》写矿工们悲惨的生活。

《忆》是作者对童年的回忆，书中讲的一些事情，自己也经历过，如养鸡、摘桑葚等，读来觉得非常有趣。这两本书封面都一样，白色，除了印着书名、作者、出版社外，还印着"文学丛刊"4个字。我对"文学丛刊"不太懂，就问父亲，父亲告诉我，这是巴金主编的一套书，一共有100多本，封面都是一个样子。我也在《砂丁》最后一页（版权页）看到这是"第五集"，除了巴金的这本书，还有其他人写的书。读了"文学丛刊"中这两本书，我猜想其他的书一定也很有趣，非常想再读一些"文学丛刊"的书。

可惜，父亲的书橱里"文学丛刊"作品就这么两本，但巴金主编的"文学丛刊"却深深印在我的脑海里。上了高中，我与班里几个爱好文学的同学，常聚在一起讨论《呐喊》《子夜》，谈论巴金、茅盾。放学后，我们还一起去逛天祥旧书店。天祥书店是天津最大的旧书店，在天祥商场二楼。它是个缺了最后一笔的"口"字形，靠着三面墙并排立着一个个高大的书架，在这个三面围起来的空间里，还有许多摊位，上面摆满旧书。人们可以很方便地在其中穿行，你可以从书架或摊位上，随意拿起一本书阅读；如果你喜欢，就拿到收款台交钱买下。这些旧书都不贵，在每本书封底的右上角，都用红戳盖着10、20这样的数字，10表示一角钱，20是两角钱。

在旧书的丛林里，我发现了几本"文学丛刊"的书籍，就像见到老朋友，我无比兴奋。可惜我没有那么多钱，只能买其中的一本。有了这个发现，我就把吃早点的钱积攒起来，有时还编个理由，找母亲额外有点钱，去天祥买"文学丛刊"。我还记得，最早买到的是吴伯箫的《羽书》、曹葆华的《无题草》、巴金的《利娜》，还有何谷天硬皮精装的《分》。每买到一本，就像获得了一件宝贝，迫不及待地把它读完，有的还反复读过多次。父亲不是说总共有100多本嘛，我当时就产生了把它们买齐的想法。可是并不是每次都那么幸运，常常是连续去几次，也碰不到一本"文学丛刊"的书，只好装着那二三角钱，悻悻回家，过些日子再去。

就这样寻寻觅觅，从高一下学期到高三上学期，在两年左右的时间里，我一共买到二十多本"文学丛刊"里作家的作品，除上面提到的那几种，还有《饭余集》（吴组缃）、《伊瓦鲁河畔》（白朗）、《沉渊》（林柯）、《雾及其它》（靳以）、《谷》（芦焚）、《行吟的歌》（方敬）、《锦帆集外》（黄裳）、《新学究》（李健吾）等等。

我一直珍藏着巴金先生编的这些书籍。从中学毕业，考上大学，分配工作，到调动工作，迁徙搬家……特别又经历了"文化大革命"的风风雨雨，这些书依然保存完好。每当我翻阅这些书籍的时候，总有一股温馨的热流涌上心头。

随着知识的增多，我知道了巴金主编，上海文化生活出版社出版的"文学丛刊"，是中国现代文学丛书中规模最大，本数最多的一套。这套丛书，从 1935 年 11 月出版第一本起，到 1949 年 4 月出版最后一本止，15 年间共出版 10 集，每集 16 种，总计 160 种。其中大部分本子都一印再印，有的甚至出三版四版，因而它的普及面很大。20 世纪五六十年代，在一个爱好文学的家庭里，不难找到几本，但要把它们收集齐全，绝非易事。

我收集"文学丛刊"的热情却一直保持着，有时进旧书店，或逛旧书摊，总是特别留意搜寻"文学丛刊"。由于时间越隔越远，社会上的存量越来越少，特别是经过"文化大革命"，这类民国版的旧书能劫后余生的更是凤毛麟角，即使偶尔遇到一本，也常常因为索价太高，而自己囊中羞涩，不得不望书兴叹，所以多年来我的"文学丛刊"的书，没有增加多少。

本世纪初，孔夫子旧书网创建，我开始在网上购书，除了买专业书籍外，就是买巴金作品和巴金主编的民国版旧书，而"文学丛刊"是我特别关注的。开始几年，书的价钱还能接受，我从孔夫子网上淘了十几本"文学丛刊"的书。后来书的价格一再飙升，一次见到一本曹葆华的《无题草》，标价三千多元，一个靠工资生活的人，是舍不得花几千元买一本民国旧书的。

古玩界有一句行话："捡漏"。捡漏是可遇而不可求的，我开始有意识地在孔夫子旧书网上"捡漏"。工夫不负有心人，我还真的捡到了"漏"，有的还是"大漏"。

"文学丛刊"第四集中，有鲁迅的一本《夜记》。此书是鲁迅先生生前答应，去世后的 1937 年 4 月出版的。这本书的独特之处在于，《鲁迅全集》没有收录，一般标价都在千元以上。我一直注意这本书，每过几天就搜一下。终于有一天，看到一本标价 60 元的，而且品相不错，我马上下单，很顺利地淘到手，让我甚是高兴了几天。阿湛的《远近》，是"文学丛刊"最后一集第十集中的一种，是上海解放前一个月（上海于 1949 年 5 月 27 日解放）1949 年 4 月出版，以后没有再版过，这是"文学丛刊"最后出版的几本书之一。另外，作者阿湛是老作家柯灵先生的外甥，在前辈作家的扶持下，走上文坛；但他命运多舛，最后死在劳改农场，尸骨也没有找到。我也是只用 60 元在网上淘得。此外，我还以六七十元的价格，淘得鲁彦的《旅人的心》（"文学丛刊"第四集，1937 年 4 月初版）、刘西渭的《咀华二集》（第七集，1942 年 1 月初版）、张天翼的《春风》（第三集，1936 年 11 月初版，1937 年 3 月再版）、宋樾的《鱼汛》（第六集，1940 年 4 月初版）等书。

以这五六十本"文学丛刊"，以及其他书籍为第一手材料，我开始围绕"巴金"这一主题做些研究工作。

到目前，已发表有关巴金著作、巴金编辑的书籍，以及巴金与朋友等话题的文章百余篇。直接涉及"文学丛刊"这套书的文章，就有四五十篇。

《藏书报》是我发表这类文章最多的园地。从 2013 年到现在，共发表近 40 篇文章，半数以上是关于巴金的，直接涉及"文学丛刊"的文章就有 10 余篇，如《吴伯箫〈羽书〉出版的两则趣闻》（载 2013 年第 41 期）、《充满人情味的〈伊瓦鲁河畔〉》（2015 年第 21 期）、《吴宓与李健吾的〈新学究〉》（2015 年第 27 期）、《从〈无题草〉知曹葆华》（2017 年第 20 期）等。另外，还在巴金故居的刊物《点滴》上发表了《也谈〈点滴〉的版本》《巴金〈海行杂记〉的桂林版本》等文章。在《新闻出版博物馆》上发表《抗战期间出版的"翻译小文库"》《巴金为青年作者出版处女集》等文章。在《中华读书报》发表《"寒夜"里的友情——巴金与缪崇群》等文。

我从阅读巴金著作，到收藏"文学丛刊"的书籍，再到对巴金进行研究，经历了几十年的时间。因为我的专业并不是文学，而是外语，做起来困难重重，但我乐此不疲。我将继续收集"文学丛刊"中的书籍，并继续做些研究工作。

15. 2016 年：我的专题阅读

自认为是一个爱书人（有的朋友提议，要称"书爱人"），在我的生活中，读书是一种常态。回首过去的一年，如果要做一个读书的盘点，我只能说，这一年的读书一如既往：很杂很乱，没有特色，没有系统。至于这一年读了多少本书？我却回答不出来，因为我没有统计，也不好统计，有的书我没有整本读完，有的书我读了不止一遍。朋友赠给我的书，特别是为朋友写书评的书，为报刊写书评的书，我都反反复复地读过许多遍。另外，为了不使自己的英语能力退化，这一年还读了几本英文小说。但有几次专题阅读还是想与书友们分享。

一、为了解祖父而读

去年 8 月份到张家口，参观了刚刚对外开放的"察哈尔都统署旧址"。20 世纪 20 年代，我祖父李焕卿先生曾任察哈尔都统署秘书长，协助都统张之江将军，在察哈尔特别区内整顿税收、清除积弊、提倡畜牧、移民垦荒、修筑公路、创办工厂、兴修公园等，做了一些有利于人民的事情，使他们那一届都统署颇具政声。可惜我在"旧址"中只看到祖父办公的"回事房"，并没有任何文字的资料。为了对祖父有更多的了解，我开始搜罗与祖父有关的人物传记，想从中找到一点史料，我阅读了《张之江将军传》(万乐刚著)、《张之江传略》(张润苏编著)、《西北军传奇》(王晓华著)、《西北军将领》(马先阵主编)、《细说西北军》(陈森甫著)，以及《谦庐随笔》(〔日〕矢原谦吉著)等十几种书籍。知道了以冯玉祥为首领的西北军的历史演变，以及我从小听说的祖父的朋友张之江、高振邦、高树勋、丁春膏等人物的情况，也找到了关于祖父的一些资料。

二、为撰写学术论文而读

第十二届巴金国际学术研讨会于 2016 年 9 月 23 日至 26 日在石家庄举行。从第九届起，我连续三届参加了这个研讨会，并提交了论文。这一届我准备提交的论文，是要写一篇巴金与他的"寂寞的朋友"的研究论文，我选定的是陈范予。陈范予逝世较早，现在有些弄文学的人也多有不知此人物的。为了撰写论文，我开始阅读相关的书籍和资料。为了解巴金与陈范予交往的史实，首先阅读了巴金的《怀念集》《创作回忆录》等；还重新阅读了几本巴金传记：陈丹晨的《巴金全传》、李辉的《巴金传》、徐开垒的《巴金传》，以及唐金海、张晓云所著的《巴金的一个世纪》；还阅读了日本学者板井史洋的《巴金论集》和他整理的《陈范予日记》，以及泉州平明学校、民生农校校友会编写的《怀念集选编》，方航仙、蒋刚主编的《巴金与泉州》等一批书籍和资料。这种阅读帮助了我论文的写作，使我的论据更精准，资料更完备，在一个月多的时间内就完成了论文《巴金与陈范予》，并在研讨会上宣读。

三、为写作而读

2017 年是新月派代表诗人徐志摩诞辰 120 周年。去年徐志摩纪念馆决定创刊《太阳花》馆刊，向我约稿，我因为对现代诗歌一窍不通，对诗人徐志摩平时阅读的很少。但我藏有两册民国版的徐志摩散文集：《落叶》和《自剖》。我早有写两篇书话的想法，但一直没有动笔，这是一个契机，想借此机会完成这两篇文章。为了写作，我再次阅读了徐志摩的这两本散文集和那本著名的《爱眉小札》；另外还阅读了几种徐志摩的传记：韩石山的《徐志摩传》、赵霞秋的《徐志摩传》和宋益乔的《徐志摩》；为了对书籍封面有更深入的了解，还阅读了张泽贤的《书之五叶》和高信的《民国书衣掠影》等书。很快两篇书话写作完成，第一篇《〈落叶〉：预示了徐志摩的命运》已经刊发在《太阳花》的创刊号上。

后记

虽然我的专业是外语，但始终对文学情有独钟。在职时忙于专业的教学和科研，文学只是一项业余爱好，除了阅读自己喜欢的作家的作品外，写的东西很少，偶然兴之所至，提笔涂鸦，自己多不满意，随写随弃，没有保留下什么文字。退休后，虽然有几年也受聘在南方几所大学任教，但毕竟与在职时大不相同了。不再为晋级、考评、科研、得奖写论文，报项目，慢慢地疏远了自己原来专业的圈子，而加入了"爱书人"的行列，开始参加读书年会、文学的学术研讨会、文学采风等活动，结识了一批书朋文友，向他们学着写文章，几年下来竟然积累了近五百篇各类文章，在各类报刊上发表的也有四百余篇。

这本小书中的45篇文章，就是从平时积累的三百多篇关于书的文章中选出来的，包括书话、书评和读后感，以及其他围绕着书的随笔。书话文章所涉及的书籍，多数是1949年以前出版的新文学作品，说不上都是经典，但都是在我国现代文学史上占有一席之地的作品。书评多数是为朋友的新书写的评论，书的作者都是我要好的朋友。文章绝大多数都在各地的报纸和刊物上发表过。

这本小书得以出版，我要感谢中国阅读学研究会会长、南京大学教授徐雁先生。我与徐雁教授于2011年10月，在温州举行的第九届全国读书年会上第一次见面，因为都在高校工作，算是同行，初次见面就有一种亲密感。后来我们又多次见面、交流。

我知道，这些年来徐雁教授把自己长期从事的中国图书文化史的研究成果和学识，服务于社会大众，到全国各地讲学，宣传"书香理念"，播种"读书种子"，推动"全民阅读"，他做的是一项功德无量的事业。

徐雁教授还创意策划并主编了"华夏书香文丛""读书台文丛""六朝松随笔文库""书林清话文库"等丛书。现在又在编辑这套"全民阅读书香文丛"。

当我得知此消息后，就与徐雁教授联系，徐教授让我发一个目录过去。我按照文丛的体例，编辑了45篇文章，分为三辑，并自拟了一个书名。徐教授把书名改为《书情脉脉》，并不辞辛苦对三辑的名字也做了修改，使书名与辑名融为一体。在此对徐教授付出的辛劳表示由衷的感谢。

书卷如美人。这些美人不但对你温情脉脉，而且赠予你涵养和学识。"雪满山中高士卧，月明林下美人来。"

我的这本小书，不敢奢望会成为一个美人，我只想与读者一起去寻找真正的美人。

最后，再次感谢徐雁教授和发表我文章的那些编辑朋友。

2017 年 8 月 23 日星期三

于廊坊师范学院书枕斋